W0219180

Un parfum de braise

La collection littéraire *Plumes du Coq* est publiée avec l'aide de la Fédération Wallonie-Bruxelles

Couverture: © Adobe Stock/Massimo
© 2023 – Édité en Belgique par Weyrich Édition
Weyrich sa – Route de la Maladrie 5, Longlier – B-6840 Neufchâteau
32(0)61 27 94 30 www.weyrich-edition.be
Mise en pages et composition : Weyrich Édition

Imprimé en Union européenne

Dépôt légal n° D/2023/8631/36
ISBN 978-2-87489-911-9

XAVIER HANOTTE

Un parfum de braise

Plumes du Coq

Weyrich

Du même auteur

AUX ÉDITIONS BELFOND

Le Feu des Lucioles, roman, 2024, *à paraître*
Du vent, roman, 2016
Des feux fragiles dans la nuit qui vient, roman, 2010
Le Couteau de Jenůfa, roman, 2008
L'Architecte du désastre, nouvelles, 2005
Ours toujours, roman, 2005
Les Lieux communs, roman, 2002, rééd. Espace Nord n° 317
Derrière la colline, roman, 2000, rééd. Espace Nord n° 277
De secrètes injustices, roman, 1998, rééd. Espace Nord n° 255
Manière noire, roman, 1995, rééd. Espace Nord n° 234

AUX ÉDITIONS DU CASTOR ASTRAL

Soit dit entre nous, je suis un ours, prose, 2013
La Nuit d'Ors, théâtre, 2013
Poussières d'histoires & Bribes de voyages, poèmes, 2003

En collaboration avec Claude Renard

AUX ÉDITIONS FONDATION MONS 2015

Les Anges de Mons, récit graphique, 2014

AUX ÉDITIONS ESTUAIRE

Un goût de biscuit au gingembre, roman illustré, 2006

à Paul-L. Hanotte

et aux fidèles…

Avertissement au lecteur

Le petit monde de Barthélemy Dussert, né avec *Manière noire* (1995), a pris de l'ampleur au fil de plusieurs romans et nouvelles : *De secrètes injustices* (1998), *Passé le pont* et *À la recherche de Wilfred* – dans le recueil *L'Architecte du désastre* (2005) – et enfin *Le Couteau de Jenůfa* (2008), tous publiés chez Belfond et, pour les deux premiers, réédités dans la collection de poche patrimoniale Espace Nord.

Il n'est absolument pas nécessaire d'avoir lu ces ouvrages pour profiter pleinement de celui-ci. Le lecteur curieux, ou simplement intéressé par la vie antérieure des personnages, fortuitement réunis ici dans une sorte de *réunion de famille*, pourra néanmoins prolonger l'aventure en procédant à d'éclairants retours en arrière. Qu'il n'en soit pas dissuadé. Les autres, pourvu qu'ils aient de la mémoire, sont en pays de connaissance.

X. H.

I am the figure burning in hell
And the figure of the grave priest

KEITH DOUGLAS

1

Usées par vingt années d'usage quotidien, les persiennes fermaient mal. Paresse ou lâcheté, j'avais toujours reculé le moment d'en parler au propriétaire. Une lumière indécise s'insinuait dans la chambre, grignotait la pénombre et creusait les plis de l'édredon. D'un œil morne, je suivais sa lente avancée vers les angles de la pièce, où la nuit livrait un ultime baroud d'honneur.

Peut-être ce spectacle familier appartiendrait-il bientôt au passé. Pour cela, j'avais une décision à prendre et c'était là que le bât blessait. Car avant même d'y réfléchir, il fallait d'abord consulter certaine personne, sans montrer aucune insistance ni solliciter de réponse immédiate. L'affaire était moins simple qu'il y paraissait.

En attendant, l'aube ouvrait en mode mineur une journée que j'imaginais avare de promesses. La veille, en l'absence inattendue de Katrien, rentrée directement chez elle après une réunion de travail à rallonge dans les locaux du parquet général, j'avais passé la soirée et la nuit en célibataire, sans en tirer les bénéfices parfois associés à cet état. Ma traduction des vers de Keith Douglas n'avait pas avancé d'une strophe – plutôt reculé, même.

À force d'attendre en vain ma muse, le poulet au curry cuisiné pour deux avait fini par brûler pour moi seul et le sommeil s'était montré d'autant plus chiche à mon endroit que, faute de mieux, j'avais espéré lui arracher une avance sur les nuits à venir.

Ce matin, bien que rien – ni surtout personne – ne m'y retînt, j'avais quitté mon lit sans enthousiasme et sans injonction du radio-réveil. Un palan m'eût été utile pour mener à bien l'opération, tant la carcasse grinçait aux jointures. Si ma vieille blessure à la cuisse me fichait la paix, les premières atteintes de l'âge prenaient peu à peu le relais. À chaque extraction des plumes, l'approche de la cinquantaine m'envoyait ainsi quelque signal désagréable, choisi dans une palette de plus en plus vaste.

Bref, pour bien commencer ce genre de journée, mieux valait chercher des diversions et s'occuper l'esprit. Un passage en revue des enquêtes en cours, dont aucune ne revêtait à mes yeux un caractère d'urgence exceptionnel, pouvait faire l'affaire. Mais je remettais cet exercice somme toute peu roboratif à la demi-heure de trajet que m'infligeaient, quand je les empruntais, les transports en commun de la capitale. Depuis que la brigade avait dû céder son garage aux libraires du rez-de-chaussée, je limitais l'essentiel de ma conduite aux caisses poussives du service, qu'on pouvait du moins parquer en ville sans payer aucune contravention. Je me rasai donc et fis mes ablutions en écoutant sur les ondes les premières mauvaises nouvelles du jour. En résumé, la planète tournait vaille que vaille et la Belgique existait toujours. À tout prendre, la performance n'était pas si mince.

Avant d'attraper le tram en bas de l'avenue, quitter les verts ombrages de Woluwe et gagner le centre de Bruxelles, j'expédiai un déjeuner que les Français qualifient fort justement de *petit*. Pour le café, je brancherais le percolateur dès mon arrivée au bureau. D'habitude, j'étais le premier sur place d'entre les lève-tôt et, à force d'avoir cuit sur une plaque chauffante, le jus laissé à la permanence par l'équipe de nuit s'avérait à peu près imbuvable.

Au moment de partir, je me rappelai que Katrien avait oublié chez moi sa paire d'escarpins classiques, à talons presque hauts. Je la soupçonnais de l'avoir fait exprès, car elle se tordait les chevilles dedans. Si le substitut débarquait à l'improviste, Madame la commissaire Verhaert risquait pourtant d'en avoir besoin. Aussi neuf que les chaussures, son grade générait un paquet d'obligations inédites, vestimentaires entre autres. Celles-là me convenaient plutôt. Au lieu de chercher un sac, je fourrai les élégantes pompes à l'intérieur de ma veste, une par poche.

Un pied sur le trottoir, je faillis faire demi-tour et emporter mon exemplaire des poèmes. Tout le monde ne peut pas collectionner les timbres ou aimer la pêche à la ligne. Ces derniers temps, je laissais Wilfred Owen en carafe et reportais mes efforts de traduction sur les vers de son lointain successeur, au destin comparable, mais si différent de lui par la forme autant que l'esprit. Quant à lui trouver un éditeur francophone, outre que la démarche s'avérait prématurée, j'ignorais si d'autres s'y étaient essayés avant moi. J'avais eu de la chance pour Wilfred. Une deuxième fois pour Keith Douglas, c'était beaucoup demander.

Dans le tram presque vide, le spectacle des rayons obliques jouant parmi les frondaisons de l'avenue avait accaparé mon attention. Dans le métro, malgré la pauvreté des distractions, la revue de mes divers dossiers était demeurée à l'état d'esquisse. Quand j'émergeai à l'air libre au débouché des escalators, le ciel de mai se garda bien de m'en faire le reproche. Au contraire, son dais vaporeux, d'un rose pâle prometteur d'azur, invitait les prolétaires matinaux, officiers de police compris, à transformer en flânerie la marche obligée vers le lieu de leurs exploits.

Au fond, je n'étais pas, ou plus, de ces flics obsessionnels qui, telle une mauvaise conscience, trimbalaient partout avec eux l'arriéré de leurs affaires closes ou en passe de le devenir. Travailler pour la justice ne fait pas de vous un justicier. Cette vérité, certains mettent parfois longtemps avant de la regarder en face. Dans le métier, ce sont rarement les plus efficaces.

Une légère brume s'attardait sur la place des Martyrs. Bientôt, quand le soleil aviverait la blancheur des crépis et accrocherait aux vitres des reflets éclatants et mobiles, les fonctionnaires de l'administration flamande voisine – exilée dans cette ville-région qui lui restait étrangère – coloniseraient le pavé du quadrilatère. La langue de

Vondel y bourdonnerait une première fois avant la pause cigarette des fumeurs contrariés. C'était sans doute le dernier endroit de Bruxelles où, à heures fixes, elle damait encore le pion à celle de Molière – mais Shakespeare, embusqué dans les couloirs du complexe européen, attendait son heure.

Pour ma part, je remerciais une fois encore notre ancien commissaire général adjoint qui, par malignité ou inadvertance, avait égaré ma démission juste avant de s'esbigner dans quelque sinécure politico-institutionnelle. Avec le recul, je ne comprenais presque plus ma décision d'alors. L'évolution du corps suite à la réforme des polices avait certes affecté les principes démocratiques de la vieille PJ. En quittant le giron de la justice pour intégrer celui de l'intérieur, nous avions reçu de nouvelles compétences dont aucun d'entre nous n'avait jamais voulu. Mais une fois parti, quel plaisir aurais-je pu trouver à pondre des traductions juridiques dans une obscure officine ministérielle ? Ç'avait été mon plan. Il n'était plus à l'ordre du jour : j'avais rempilé.

Katrien n'avait pu se résoudre à me laisser jouer seul les prolongations, surtout au moment où, entre nous, la clarté s'était faite et les chats échaudés avaient enfin compris qu'il était temps de se mouiller. Au grand dam de son frère, qui lui avait obtenu de haute lutte une charge au conservatoire, dans la classe de piano, elle avait donc choisi de m'imiter en conservant, elle aussi, son ancienneté.

Hélas pour elle, cela s'était payé d'une promotion, dont il lui arrivait de me faire le muet reproche.

Car l'examen de ses diplômes et de ses états de service avait dénoncé une scandaleuse surqualification, incompatible avec la modeste fonction d'inspectrice. Le Petit Blaireau avait donc dû, bon gré mal gré, sortir de son terrier. Or jusque-là, l'ombre d'une position médiane lui avait parfaitement convenu. Chez elle, la retenue s'apparente à un art de vivre et, au point de vue professionnel, constitue une arme qu'elle manie à la perfection. Ses longs silences, entre autres, en avaient fait parler plus d'un.

Détail non négligeable, en devenant chef d'équipe, l'officier de police judiciaire le plus court sur pattes du Royaume – moins d'un mètre soixante avec les chaussures – était, par la même occasion, devenue ma patronne. C'était sans doute ce qui l'ennuyait le plus dans l'affaire, surtout qu'au bureau, personne n'était au courant de notre histoire, pas même Marlaire – et Ferraoui moins encore. Comme les autres, mais pour d'autres raisons, j'avais abandonné l'usage du diminutif – *Trientje* – en présence de tiers. Entre eux, les collègues recouraient pour leur part à un sobriquet déjà ancien – *le Petit Blaireau* –, qui rendait à la fois justice à son naturel farouche et à son éternel tronçon de queue de cheval.

Aucune lumière n'éclairait les fenêtres de ce que nous appelions encore, selon une nomenclature devenue obsolète, *la brigade*. Pour quelques minutes encore, l'enduit blanc des façades et des frontons néoclassiques conserverait une nuance cuisse-de-nymphe de moins en moins émue. À l'angle du numéro 14, au-dessus des vitrines obscures de la librairie, les deux étages de bureaux jouaient les belles endormies. Pourtant, la vie judiciaire s'y poursuivait vingt-quatre heures sur vingt-quatre, avec les emballements et les somnolences d'un organisme têtu, dont la dernière réforme n'avait pas eu raison mais que les pessimistes, nombreux entre ses murs, prétendaient en sursis.

L'entrée officielle, avec son accès direct au premier étage, son ascenseur pour handicapés et son portique à détecteur de quincaillerie, se situait rue du Persil, au verso des façades classées à l'inventaire du patrimoine. L'adjudication avait mis une éternité à aboutir, les travaux d'installation une autre éternité encore et, entre-temps, les péjistes avaient pris l'habitude d'entrer et de sortir par la nouvelle librairie, en vertu d'un accord tacite et d'arrangements pratiques avec les voisins du dessous. Les pannes récurrentes du système d'ouvre-porte, fourni par une société depuis lors tombée en faillite, avaient achevé de pérenniser cette voie de pénétration subsidiaire, a priori peu orthodoxe. Dès lors qu'aucun d'entre nous, si l'on exceptait les trois anciens gendarmes, n'avait jamais porté le moindre uniforme, les libraires post-soixante-huitards et leur chalandise ne se plaignaient guère. Il suffisait d'ôter les brassards et de rester discrets. Les jours de basse fréquentation, nos allées et venues contribuaient même, selon les intéressés, à mettre un peu d'animation entre les présentoirs. Et puis, tous les flics ne détestant pas lire, bon nombre d'entre eux faisaient désormais partie de la clientèle dite *de passage*, au sens le plus strict du terme. Autre effet induit, les vols de livres avaient drastiquement baissé. Dès lors, on n'empruntait plus guère l'entrée officielle qu'en compagnie de prévenus menottés. Du moins quand le déverrouillage de la porte du premier étage daignait répondre aux sollicitations qui lui étaient faites.

Peu m'intéressait de vérifier, ce matin-là, si les réparations avaient eu lieu. Je montai les trois marches du perron, composai mon code et entrai dans le bâtiment. Les libraires ne se pointeraient pas avant deux tours d'horloge. L'endroit appartenait encore aux livres et à eux seuls. J'en respirai le parfum si particulier d'encre et de papier. Cédant à la tentation, je m'accordai un détour, examinai en vitesse la table des nouveautés puis, n'y trouvant rien qui m'intéressait, vérifiai au rayon poésie que l'unique exemplaire de ma traduction d'Owen y jaunissait en paix. Cela fait, je pris la direction de l'escalier de service. Défendu par une porte métallique fallacieusement marquée *Réserve*, il donnait accès à nos locaux. Chacun de nous en possédait la clé.

En haut des marches, le palier baignait dans la lumière électrique de la permanence. Comme souvent, l'adjudant Lenaerts, recyclé depuis peu en inspecteur principal, y usait sur sa chaise un pantalon certes bleu, mais débarrassé du passepoil ponceau qui avait longtemps marqué son appartenance à la maréchaussée. Seules la coupe de cheveux en brosse et la cravate en tricot bémolisaient encore sa parfaite assimilation parmi les civils. Je le saluai d'un geste et, sur sa réponse tout aussi courtoise, le laissai en compagnie de ses rapports, du téléphone et de la cafetière, dont le contenu recuit répandait dans le couloir une odeur entre vieux goudron et caoutchouc brûlé.

Avant de poursuivre mon ascension vers le deuxième étage, je passai par l'enfilade dite *des commissaires*, où Katrien occupait dorénavant le bureau de l'ami Sébastien. Après un passage éclair par le barreau, notre ancien supérieur était devenu ponte à la Sûreté de l'État. J'hésitai. Les escarpins ne tiendraient jamais dans son casier. Je les déposai donc devant sa porte, confiant que Marlaire, jadis coutumier du méfait, s'abstiendrait d'en faire les accessoires d'une de ses blagues, le plus souvent douteuses. Entre ces deux-là, le folklore local dût-il en souffrir, la hache de guerre semblait bel et bien enterrée. Ou plutôt Marlaire avait-il le sens de la hiérarchie. Il n'était pas pour rien commandant de réserve aux chasseurs ardennais. Si la discipline faisait la force des armées, la police ne perdait rien à puiser aux mêmes sources.

Pour gagner l'escalier, je dépassai le bureau du commissaire général adjoint. La fonction n'ayant pas été reconduite, Cyriel Walsschaert avait atterri dans le cabinet à moulures du grand patron sans hériter de ses prérogatives. En bon flic de terrain, le malheureux ne s'en remettait pas. Envers et contre tout, fût-ce au prix d'une cravate, il demeurait fidèle à ses vieux blousons de cuir. Moi, j'avais gardé la jouissance de mon bureau original, en compagnie du grand Marlaire, de Ferraoui et de Pardoen, le deuxième des trois gendarmes qui s'étaient égarés chez nous. Après quinze ans, déménager m'eût sans doute chagriné. C'est dire à quel point un certain type d'ambition me fait défaut. Mais la vue est décidément plus belle depuis le deuxième étage. Ça compte.

Quand j'accrochai ma veste au portemanteau, la demie sonnait au clocher de Notre-Dame du Finistère. J'avais réveillé mon ordinateur. Avant de prendre place derrière mon bureau, j'ouvris la fenêtre, m'accoudai à la barre d'appui encore humide et pris ma ration quotidienne de beauté architecturale. Ma croisée donnait sur le centre de la place. Au sommet du monument de 1830, la Patrie et le Lion belge pouvaient bien me tourner le dos, je leur savais gré de rejouer chaque matin leur rôle dans ce spectacle immobile et consolatoire, dont j'aimais à croire que d'autres tiraient la même satisfaction. Parfois, il m'arrivait de penser que ce voisinage m'avait aidé à tenir bon. Car le métier de flic accoutume bien trop à la laideur des choses.

Les piles de procès-verbaux qui encombraient les tables et l'abondance des courriels accumulés dans ma boîte électronique se chargeaient déjà de me rappeler à un autre ordre de réalité. En l'espace d'une nuit, la société n'avait pas arrêté de dysfonctionner et nous étions là, sinon pour corriger ses défauts, du moins pour en traiter les symptômes les plus immédiats. D'un œil qui se voulait attentif, je parcourus les messages arrivés depuis la veille. Perdue dans la masse des communications professionnelles, je repérai une invitation de Sébastien. Il suggérait une soirée entre amis, autour d'un bon repas. Depuis son départ, nous restions rarement une semaine sans nous voir. J'acceptai donc la proposition avec plaisir. Tandis que je tapais ma réponse, un message urgent du ministère de la Justice apparut en fin de liste. Katrien figurait en copie. Avec deux bonnes semaines de retard, le service pénitentiaire compétent nous communiquait la levée d'écrou de Ruggero Donato, la moitié de sa peine effectuée.

J'aurais pu tiquer. Au lieu de cela, je me vis sourire dans le reflet de mon écran. Quelques années plus tôt, Donato avait failli m'envoyer *ad patres* au terme d'une enquête qui avait marqué ma carrière. J'avais vu de très près le canon de son revolver. À coups de neuf millimètres, Katrien m'avait sauvé la mise. Comme elle tirait juste, le bonhomme s'en était sorti au prix de quelques mois dans un fauteuil roulant. Mais les menaces de mort qu'il avait proférées à notre endroit lors d'une évasion ultérieure s'étaient avérées, de l'aveu de l'individu lui-même, complètement bidon. Selon lui, il s'était alors agi de créer une diversion, rien de plus.

J'avais choisi de le croire. Et d'oublier autant que possible cette lointaine nuit d'avril où, à la différence de Donato, j'avais bel et bien tué quelqu'un. Aussi la distraction des fonctionnaires de la justice suscita-t-elle chez moi une indulgence d'autant plus réelle qu'elle leur était par avance acquise. Katrien la partagerait. Inutile d'ajouter à la disgrâce d'un monde qui, sur ce chapitre, se débrouille très bien tout seul sans qu'il soit nécessaire de l'aider.

Le menu du jour était connu. Clôturer un dossier pénible de braquage avec prise d'otages me vaudrait une kyrielle de démarches paperassières et une chasse aux tampons et signatures. Il y a les boulots de flic assis et les boulots de flic debout. L'âge vous condamne peu à peu aux premiers, tandis que la jeunesse vous désigne le plus souvent pour les seconds. Mes quarante-six balais me situaient encore dans une zone grise entre les deux.

Pour cette affaire-ci, les travaux pratiques étaient derrière nous. Après une enquête de longue haleine et une arrestation musclée, les prévenus avaient été déférés. Aujourd'hui, le bouclage administratif me verrait jouer du clavier et, pour tout exercice physique, me vaudrait un patient arpentage de couloirs sur les deux étages de la maison, à la recherche de pièces manquantes et de paraphes oubliés. C'était presque aussi fatigant, mais réclamait une méticulosité et une capacité de rédaction qui, entre ces murs, avaient fini par me valoir une réputation.

J'avais tout intérêt à m'y mettre, car le juge Daubie attendait ma copie pour peaufiner sa stratégie. Les confrontations commenceraient le lendemain, et il me restait à vérifier un paquet de notes sur les matériels saisis. Avant de commencer, j'allumai le percolateur. L'appareil soupira, puis l'eau se mit à glouglouter.

Peu importe le type de prose que l'on pond, les débuts sont toujours ardus. Dispositif contrariant s'il en fut jamais, le téléphone devait le savoir, car je n'avais pas encore tapé le dernier caractère du premier mot qu'il déchirait de son timbre sciemment désuet – ersatz électronique d'une authentique sonnerie mécanique – le silence presque inspirant de ma thébaïde.

2

« Allô ? Inspecteur Dussert à l'appareil… »

Je me mettais en frais pour rien. Avec retard, je vis sur le cartouche digital que l'appel provenait de la permanence.

« C'est Lenaerts, annonça l'intéressé, tout aussi inutilement.

— Rebonjour, adjudant. »

Le bizutage des anciens gendarmes touchait à sa fin, mais il en subsistait quelques menues scories.

« Dis donc, fit-il, quelqu'un te demande, en bas.

— À cette heure-ci ?

— On n'est pas seuls debout.

— C'est vrai. J'oubliais les boulangers.

— Et les éboueurs, ricana-t-il.

— Alors fais-le monter. »

Un chuintement rythmique me répondit. J'avais compris.

« L'ouvre-porte est en panne ? »

Cette fois, un rire franc résonna dans l'écouteur.

« À ton avis ? Désolé, je suis coincé à la permanence. Va falloir que tu descendes lui ouvrir.

— Il a donné un nom ?

— Je suppose.

— Ah ? L'interphone fait grève aussi ?

— Après cinq secondes, il passe en mode swahili. Et puisque tu vas me le demander : non, la tête du bonhomme ne me dit rien. »

Au moins, la caméra avait l'air de fonctionner.

« Bon, d'accord, j'y vais. C'est pour moi, tu es sûr ?

— J'ai déverrouillé. Tu n'as plus qu'à baisser la poignée. De l'intérieur, ça marche encore, heureusement. »

La journée commençait de façon bizarre. En règle générale, les justiciables ne demandaient à nous voir qu'en réponse à l'une ou l'autre convocation. Quant aux indics, l'idée ne leur serait jamais venue de montrer leur trombine ici autrement que menottés, histoire de couper court aux malentendus. Presque malgré moi, je tâtai le fond de ma poche. La clé qui s'y trouvait ouvrait un tiroir de mon bureau. Et donnait surtout accès à mon pistolet de service, en état de marche et dûment chargé.

Je haussai les épaules, laissai la clé où elle était.

Le voyant du percolateur clignotait. Une pellicule d'eau râlait au fond de l'appareil. Le café était passé. Pour recevoir mon visiteur, il ne manquait que les biscuits. Avec un soupir mais d'un pas décidé, je pris la direction de l'escalier et dévalai les marches quatre à quatre, une main sur chaque rampe.

Le contre-jour et la triple couche de verre blindé transformaient l'homme en une silhouette pour théâtre d'ombres. Entre nous, l'obscurité du sas d'entrée assurait l'égalité. L'inconnu collait ses mains en œillères contre le carreau sans entamer la certitude où j'étais qu'il ne pouvait me voir. Quand il fit un pas en arrière dans la lumière de l'aube, la surprise me cloua sur place. Car cet homme, je ne le connaissais que trop bien. Et surtout, par le fait d'un hasard désormais suspect, son souvenir était venu, quelques minutes plus tôt, m'asticoter la mémoire.

L'espace d'une seconde, je regrettai d'avoir laissé mon pistolet dans son tiroir. Comme s'il eût fallu m'en convaincre, ma main droite effleura ma hanche, où le cuir grenu de la ceinture accusait l'absence d'étui. Cela ne dura pas. Je secouai la tête et mes lèvres dessinèrent un sourire désabusé. Stupide réflexe. Au parloir de la prison, quelques années auparavant, nous nous étions expliqués, lui et moi. Non, cet homme ne pouvait plus me vouloir aucun mal, s'il l'avait jamais voulu. Ici moins encore qu'ailleurs.

Ruggero Donato avait perdu des cheveux et pris des kilos, mais il conservait cet aplomb bravache qu'accentuaient la coupe élégante de son veston clair et une manière bien à lui de bomber le torse. L'âge venant, le terme *bellâtre* ne pouvait pourtant plus servir à le définir, et la fine moustache noire qui ourlait toujours sa lèvre supérieure ressemblait davantage à l'expression d'une nostalgie qu'à la volonté d'affirmation d'un mâle alpha.

Face à la porte close, il commençait à douter qu'elle s'ouvrît un jour. Les reins cambrés, il scrutait donc une à une les fenêtres de l'étage supérieur. Par le passé, Donato avait rarement montré pareille impatience à entrer ici. C'était d'ailleurs la première fois qu'il se présentait sans invitation. Le sourire enjôleur dont il ne se départait jamais lors de nos rencontres, y compris les plus mouvementées, avait disparu de son visage et la crispation inédite de ses traits trahissait une inquiétude ou un mal-être auquel il ne m'avait guère accoutumé.

J'émergeai de l'ombre, franchis le portique en songeant trop tard que mon porte-monnaie bourré de mitraille allait déclencher la sonnerie d'alarme. Mais l'engin demeura muet et j'ouvris.

À ma vue, la mine de Donato se détendit. Mais l'amorce d'un sourire n'eut pas le temps d'éclairer son expression décidément soucieuse. Avant qu'il ouvrît la bouche, ses lèvres se tordirent en un rictus douloureux. Ses paupières battirent. La lumière douce du matin n'y était de toute évidence pour rien. Son dos un instant voûté se raidit à nouveau. Il avait déjà repris contenance.

« Salut, Dussert.

— Inspecteur, si tu veux bien. »

Cette fois, il parvint à produire un sourire complet.

« C'est vrai qu'on n'a pas gardé les oies ensemble.

— Les cochons, j'aurais dit. »

Sa face retrouva l'une des mimiques que je lui connaissais le mieux, entre ironie et indulgence.

« C'est le poulet qui parle », dit-il.

Ses ancêtres dussent-ils désapprouver, Donato n'était plus italien que sur sa carte d'identité. Par ailleurs correct, son français s'émaillait d'un très léger accent liégeois, acquis du temps où il tenait un garage louche du côté de Palerme-sur-Meuse.

« J'ai à vous causer, inspecteur. »

J'eus une grimace qui pouvait passer pour sceptique.

« Vu l'heure, ça doit être important ?

— Plutôt, oui. »

Un soupir insincère monta du fond de ma poitrine.

« Alors entre. Fais comme chez toi.

— N'exagérons rien, mais merci quand même. »

Je m'effaçai pour le laisser passer. Son ancienne prestance en avait pris un sacré coup. Je notai qu'il rentrait la nuque dans les épaules, creusant de faux plis le col de sa veste en lin.

Le portique franchi, il s'essuya longuement les pieds sur le paillasson. Encore un peu, et il allait me demander où étaient les patins. Nul doute que la prison l'avait changé.

« Sorti quand ? » dis-je, afin de meubler le silence.

Il haussa les épaules, ou du moins esquissa-t-il le mouvement idoine. Aussitôt, un bref frisson lui électrisa le haut du corps.

« J'aurais cru que vous le saviez. »

Inutile de démentir. Ma première surprise lui avait échappé. Je le suivis dans l'escalier. Il montait avec une étonnante lenteur, marquait l'arrêt toutes les quatre ou cinq marches.

« Ça a changé, ici ! » observa-t-il.

L'homme avait la mémoire des lieux.

« Pas en mieux, dis-je. On a dû se serrer. Le rez-de-chaussée a changé de locataires.

— J'ai vu ça. C'est toujours la PJ ?

— Oui. Tu ajoutes *fédérale* et c'est bon.

— Fédérale ? Ça fait riche.

— Une épithète ne coûte rien.

— Toujours au second ?

— Toujours. »

L'ascension lui était pénible. Il ahanait, le souffle court. Surtout, il me semblait qu'il marchait en écartant les bras du torse, à la manière qu'on prête aux grands singes, sans pour autant prendre appui sur les deux rampes dont s'équipait la cage d'escalier.

J'avais connu un autre Donato. Celui-ci, malgré le visage lisse et le poil noir, avait cent ans.

« Tout va bien ? » m'enquis-je.

Aucune réponse. Nous arrivâmes enfin au second.

« Le bureau est toujours à droite, dis-je.

— Je m'y retrouve, inspecteur. Toujours la même équipe ?

— En gros. Sauf que l'inspecteur Verhaert a pris du galon.

— Ah ? Ça n'avait pourtant pas l'air de l'intéresser. À l'époque, j'aurais sans doute préféré la savoir derrière un bureau.

— Un autre qu'elle t'aurait buté. Tu as eu de la chance.

— Ça se discute. Mais c'est possible. »

J'allai fermer la fenêtre, réquisitionnai la chaise de Marlaire. Il y prit place sur mon invitation, en grognant.

« Comment vont tes filles ? »

Ses jumelles étaient avec lui lorsque nous l'avions arrêté, peu après son évasion de l'hôpital. Katrien avait pris soin d'elles et, sur le moment, Donato lui en avait été fort reconnaissant.

« Je sors juste à temps pour les voir grandir un peu. »

Quelque chose dans son attitude me troublait, cadrait décidément mal avec le souvenir que je conservais de sa personne. Il se tenait voûté sur sa chaise, les coudes aux genoux, la tête basse, la bouche ouverte. Son souffle saccadé faisait onduler le feuillet d'un calepin ouvert sur un coin de mon bureau.

J'allongeai le bras pour le fermer. Comme réveillé en sursaut, Donato tressaillit, redressa le buste et pesa des épaules contre le dossier de sa chaise. Aussitôt, il se raidit, grimaça et reprit sa posture initiale. Cette fois, le soupir qui lui échappa rendit un son à la fois caverneux et sibilant.

« Ça… Ça ne peut plus durer ! » gémit-il.

Une larme filait sur sa joue. Ou s'agissait-il d'une goutte de sueur ? En tout cas, son front luisait.

L'incompréhension me rendait muet.

Il se souleva à demi. Avec une surprenante rapidité, sa main droite disparut sous sa veste. Le geste me rappela aussitôt celui qu'il avait eu face à moi, certaine nuit d'avril.

« Je vous ai apporté ceci… Cadeau ! »

Le pistolet atterrit avec fracas sur le buvard de mon sous-main. Ce n'était plus un Colt, cette fois, mais un Walther neuf millimètres, chromé comme son prédécesseur. Malgré la notable différence, je revoyais maintenant, au mépris des années enfuies, avec une précision clinique contre laquelle j'avais lutté au fil des nuits, cauchemar après cauchemar, l'œil noir du canon qu'allait illuminer le feu de la cartouche.

À mon tour, je transpirais.

J'aurais dû écarter l'arme, ou du moins m'en saisir. Or je demeurais pétrifié, d'un marbre pourtant très friable.

« Ça m'évitera de tuer quelqu'un… »

Je devais être livide, mais Donato ne s'intéressait pas à moi.

« Ne me demandez pas où je l'ai eu. Dans cette ville, rien de plus facile. Mais il est temps pour moi d'arrêter les conneries. J'ai beaucoup donné, d'autres en ont souffert. Par contre… »

Il s'interrompit. En moi, le malaise refluait. Je posai la main sur le métal froid du pistolet. En bas, le portique devait être réglé pour détecter les robots de cuisine.

« Par contre ? » croassai-je, la gorge sèche.

Il leva la tête, me considéra d'un regard intense au fond duquel, pour la première fois, je lus une insondable détresse.

« En échange, inspecteur, je vous demanderai une faveur… »

La stupeur me rendait crétin. Et me donnait un sens de la repartie à faire pâlir d'envie un cacatoès.

« Une faveur ? »

Je parvins tout de même à attirer l'arme puis, sans lâcher Donato des yeux, à débloquer le chargeur. Le cuivre d'une douille contre la chair de mon pouce ainsi que la dureté du ressort m'apprirent qu'il contenait son plein de cartouches.

« *Il faut qu'il arrête* ! » rugit Donato.

J'avais sursauté. La fatigue, immense, assourdissait pourtant la véhémence de son cri. Les yeux écarquillés, il me dévisageait.

« Qui ça, *il* ? » bredouillai-je.

Je faisais des progrès : j'avais arrêté de jouer l'écho.

« Sinon, je trouverai un autre flingue ! reprit-il. Et cette fois, je vous jure que je m'en servirai ! »

J'avais déverrouillé le tiroir de mon bureau. En douce et sans esclandre, l'arme de Donato alla tenir compagnie à la mienne. Un tour de clé plus tard, je constatai que je respirais mieux.

« Une *faveur*, dis-tu ? Arrête-moi si je lâche une connerie, mais je ne suis pas en dette, il me semble ? Au contraire, même ! »

L'homme hocha la tête, souffla comme un cheval.

« Oubliez donc cette vieille histoire, Dussert ! Je croyais avoir été clair, et depuis longtemps. Les apparences sont contre moi, je le sais bien, mais ce soir-là, je ne vous aurais jamais dézingué. Votre copine a tiré un peu vite. Notez, ça se comprend… »

J'avais choisi de le croire, et sans doute valait-il mieux m'y tenir. Mais la volonté ne peut pas tout.

« La preuve, insista-t-il, c'est que je vous fais confiance !

— Fort bien. Et qu'est-ce qui me vaut cet honneur ?

— Pour un flic, vous êtes du genre réglo.

— Tu m'en diras tant. Et alors ? »

Donato se haussa sur sa chaise, soudain extatique.

« Alors ? Alors il faut lui dire… *Qu'il arrête* ! »

L'impatience me gagnait.

« *Il* ? C'est qui, *il* ? Qu'est-ce qu'il t'a fait, ce *il* ? »

Donato serra les paupières, puis les rouvrit sur des prunelles où l'éclat et la noirceur prenaient tour à tour le dessus.

« Ce qu'il *m'a fait ?* Non ! Ce qu'il *me fait* ! »

Il reprenait à son compte le rôle du perroquet. Et n'en devenait pas plus explicite pour la cause. Ce qu'il sembla comprendre.

Poussant une sorte de râle, Donato bondit hors de son siège, qui fila sur ses roulettes et emboutit le bureau voisin. La veste en lin s'envola littéralement. Dessous, Donato sauta l'étape du déboutonnage. À deux mains, il ouvrit d'un coup sec sa chemise noire, révélant un torse glabre, à la peau olivâtre.

« *Voilà*, ce qu'il me fait ! »

D'un mouvement aussi vif que théâtral, il pivota sur ses talons, remonta sa chemise à deux mains et me présenta son dos.

« Voilà ! » répéta-t-il.

Afin d'observer ma réaction, il se dévissait le cou et, les yeux exorbités, me jetait par-dessus son épaule des regards en biais. Chez lui, l'abattement faisait place à une rage sanguine, à la mesure d'un désarroi que rien ne venait plus tempérer. Chez moi, la gêne initiale s'évapora d'un coup devant une forme de curiosité malsaine, proche du dégoût. Je me levai.

« Alors ? » glapit-il.

Je ne suis pas médecin, mais j'avais déjà vu quantité de spectacles plus ou moins hideux sur les tables des légistes. La viande humaine, surtout servie froide, peut présenter toutes sortes de métamorphoses désagréables à l'œil. Ce que j'avais sous les yeux, exhibé sans pudeur par un individu par ailleurs bien portant, ne tenait aucune place dans mes souvenirs et ne ressemblait à rien de ce que ma culture livresque m'avait appris ou suggéré.

J'aurais pu me rasseoir, mais c'eût été décevoir, je le sentais presque physiquement, l'attente impatiente de Donato.

« Qu'est-ce que c'est ? dis-je. Un zona ? »

En posant cette question, je prétendais juste lui fournir l'occasion de démentir, d'expliquer. J'en restai pour mes frais.

« Je ne sais pas ce que c'est ! Les toubibs non plus ! »

S'il comptait sur moi pour éclairer sa lanterne, le pauvre s'était trompé d'adresse. J'apercevais mal ce qu'il espérait de ma compagnie et moins encore de mon commentaire. L'affection cutanée dont il souffrait s'avérait spectaculaire. Quadrillé d'éruptions rougeâtres et de cloques translucides, lesquelles composaient un dessin de lignes entrecroisées, son dos semblait à vif. Avec une compassion rétrospective, je comprenais les difficultés qu'il éprouvait à se mouvoir et à supporter ses vêtements. Mais l'idée de le plaindre ne m'effleura pas une seconde.

« Un eczéma, alors ? » hasardai-je.

Estimant que j'en avais assez vu – sur ce point précis, nous étions d'accord –, Donato rabattit sa chemise et se retourna. À son évident regret, il rajusta le vêtement. Ce fut vite fait, car plusieurs boutons avaient sauté lors de son violent strip-tease.

« Personne ne sait ce que c'est, murmura-t-il. Personne ! »

Il récupéra sa veste en lin sur le linoléum, l'endossa avec précaution, comme s'il s'était agi de la tunique de Nessus.

« Par contre, je sais *à qui*... Je sais à qui je dois ça ! Cette saloperie a commencé à ma sortie de prison. C'est *lui*, j'en suis sûr ! »

Si j'étais resté assis, maître de moi et de mes pensées, peut-être aurais-je saisi d'emblée la parfaite absurdité d'une telle affirmation. Mais Donato en venait enfin au *il* de ses propos.

« Puisque tu es ici, j'imagine que je le connais ? »

Il secoua la tête.

« Crois pas. Ou alors de nom, peut-être. »

On piétinait. Depuis le début, cet entretien ne rimait à rien. Je repris place sur mon siège, les mains accrochées aux accoudoirs comme si j'avais craint d'en tomber.

Une deuxième fois, Donato plongea la main droite sous sa veste. Par bonheur, il ne me vit pas tressaillir. J'en fus quitte pour une frayeur idiote supplémentaire. Car de son portefeuille, il retira un papier, qu'il jeta sur mon sous-main.

« J'ai dégotté l'adresse de sa piaule. Ce tas de merde crèche tout près d'ici. C'est ce qui l'a sauvé ! Sans ça… »

Je pris le papier, lus un nom et un prénom qui, dans le contexte, ne me disaient a priori rien, et une adresse effectivement située dans le quartier, où les services communaux louaient plusieurs gourbis à des tarifs prétendument sociaux.

Donato comprit qu'il devait m'en apprendre davantage.

« J'ai partagé ma cellule avec ce type. »

Toujours aussi dubitatif, je fronçai les sourcils.

« Ça ne s'est pas bien passé, donc ? »

Donato renifla bruyamment.

« Non.

— Mais encore ? »

La contrariété chiffonnait ses traits.

« C'est une ordure. Je n'ai pas aimé la sale façon qu'il avait de reluquer la photo des filles. »

Si je calculais bien, ses jumelles devaient avoir maintenant dans les douze ou treize ans. En fin de cavale, nous avions arrêté leur père sous leurs yeux, au beau milieu d'un célèbre parc d'attractions. Je ne risquais pas d'oublier ce haut fait. L'affaire fournissait encore quantité d'anecdotes légendaires, propres à égayer les pots de départ et à impressionner les bleus. Pour prendre en défaut la vigilance de Donato, Marlaire et moi avions dû jouer les mascottes publicitaires et enfiler des costumes de kangourou. D'un malencontreux coup de queue, j'avais expédié un ancien collègue au fond du petit bassin, où nageaient les filles.

« Un pédophile ? »

Je n'y croyais pas moi-même. Ces détenus-là vivaient leur ostracisme en cellule individuelle. Faute de quoi, le reste de la population carcérale leur tombait joyeusement sur le paletot.

« Faudrait lui demander, gronda Donato. Il m'a manqué de respect, c'est tout. Et donc il s'est payé un coin du lavabo… »

Il leva le nez, les paupières mi-closes et le regard dur.

« Plusieurs fois. La lunette de la chiotte aussi. »

Entre nous, un silence pesant descendit. En sens inverse montait un brouhaha. Le personnel de jour commençait à peupler les locaux. Dans dix minutes tout au plus, Marlaire hisserait jusqu'ici sa longue carcasse et la plierait en trois pour coincer ses guibolles sous son bureau. Ferraoui le suivrait de près, puis Pardoen fermerait la marche, trois doigts levés par réflexe vers la visière d'une casquette dont la disparition le réjouissait.

« Et alors ? » dis-je.

Les épaules de Donato s'affaissèrent. Sa rage retombait.

« Il m'a promis qu'il se vengerait.

— Plus précisément ?

— Que je lui paierais ça.

— C'est tout ?

— Que *ça chaufferait* pour moi. Voilà ce qu'il a dit. »

Il prit sa tête à deux mains, haleta.

« Et purée, il n'a pas menti. *Ça chauffe* ! »

Qu'attendait-il de moi ? Je n'en avais aucune idée. Il fallait, sinon conclure cet entretien absurde, du moins l'abréger. Dans le cas contraire, je serais bon pour expliquer aux collègues la présence de cet individu fort bien connu d'eux et, surtout, les raisons un peu délicates de sa réapparition en territoire ennemi.

« Vraiment… tu crois que c'est ce type qui… ? »

Mon scepticisme manifeste eut le don de ranimer sa fougue.

« Je sais parfaitement que c'est débile, inspecteur ! Que c'est à se cogner le derrière au lustre ! Mais n'empêche, je suis sûr que c'est lui ! Je ne sais pas comment il fait ça, *mais il le fait* ! »

Ce type avait la foi. Je sentais qu'il ne servirait à rien d'argumenter, surtout à chaud. La souffrance devait lui parasiter la jugeote. Aller contre sa conviction ne ferait que l'énerver davantage et j'imaginais trop bien les conséquences d'un tel comportement dans ce qui était, après tout, un commissariat de police.

« Et moi ? Qu'est-ce que je viens faire là-dedans ? »

La question parut le calmer. À l'évidence, il dut rassembler ses pensées pour y mettre un début d'ordre.

« Vous avez son adresse… »

En effet. De la main droite, je lissai le papier froissé, le relus.

« Allez le voir, inspecteur. Et dites-lui *qu'il arrête ça*…

— Qu'il arrête quoi ? »

Donato écarquilla les yeux, presque choqué.

« Vous voulez du rabe ? Je vous remontre ? »

Déjà, ses doigts trituraient un bouton de la chemise.

Je l'arrêtai d'un geste.

« Pourquoi moi ?

— Vous êtes flic. Qui sait, il vous écoutera peut-être ?

— Admettons… »

La raison raisonnante me criait casse-cou, mais en moi croissait l'impérieux désir de le voir débarrasser le plancher.

« S'il ne percute pas, reprit Donato, alors dites-lui que la prochaine fois, j'irai chez lui sans faire de détour ! »

La menace était claire.

« Et tu crois que je vais laisser faire ? Avec ce qui traîne dans ce tiroir, je pourrais te renvoyer au gnouf vite fait… »

Sa face se détendit. Il dut retenir un rire.

« Les flics – même vous, inspecteur – ont autre chose à foutre que protéger de tels salopards.

— Par contre, ils ont le temps de jouer les facteurs et de faire tes commissions ? »

Son sourire tout neuf se teinta de malice.

« Je vous l'ai déjà dit, mais je me répète. Vous êtes un type réglo, Dussert. Si vous croyez que ça peut limiter la casse, vous ferez ce qu'il faut. Pour son bien comme pour le mien. »

Si telle était l'opinion qu'il se faisait de ma petite personne, il y avait matière à se sentir flatté. À toute force, je tâchai de revoir le moment où il me tenait au bout de son arme. Excellent antidote.

« Si vous me laissez tomber, alors tant pis. Dans ce cas, je le bute et je vole direct en taule. Ce serait dommage… »

Sans doute pensait-il à ses filles.

« Bon… » dis-je en quittant mon siège.

Pour ma part, l'audience était levée. J'en éprouvais par avance un énorme soulagement. Il m'imita, recula sa chaise.

« Merci, inspecteur. »

Je m'abstins de serrer sa main tendue. Il y a des limites.

« Je ne t'ai rien promis, Ruggero. »

Son sourire s'élargit. Pourtant, un fond de douleur persistait dans son regard. Je me souvins d'un passage glané chez l'un de mes auteurs tchèques favoris : « Les humains supportent presque tout, mais presque tout les marque, presque tout les rapproche de la mort[1]. » La réalité de mon métier lui donnait trop souvent raison.

L'homme haussa les épaules, frémit.

1. Josef Škvorecký, *Le Saxophone basse.*

« Inutile de promettre. Vous le ferez. Vous êtes comme ça. »

Tant de certitude m'indisposa.

« Fous-moi le camp, grommelai-je. Cette rencontre n'a jamais eu lieu. Si tu croises des collègues, dis-leur que tu t'es perdu ! »

Avant de refermer derrière lui la porte du bureau, Donato se retourna, pointa un doigt vers le plafond.

« Inspecteur ?

— Encore là ? »

Au moins, cet entretien lui avait rendu le sourire.

« Il y a dix ans…

— Oui ?

— Je ne vous aurais jamais tué ! »

Ma main s'abattit avec violence sur une pile de dossiers.

« Dehors ! »

Déjà, ses pas résonnaient dans la cage d'escalier.

Un énorme besoin d'air frais m'attira vers la fenêtre. Je l'ouvris à deux battants et passai la tête à l'extérieur. En contrebas, la place s'animait. Sobrement vêtu, un premier contingent de fonctionnaires flamands rejoignait la fourmilière ministérielle en se tordant les pieds sur les pavés.

Cette discussion idiote m'avait épuisé. En outre, je n'étais pas très fier de moi. Au sommet du monument, la Patrie et son lion me tournaient toujours le dos. Je préférais cela. Mais à l'étage du dessous, les deux anges de pierre me regardaient de travers.

Ils avaient dû se prendre dans les narines quelque relent de café bouilli. Dans l'air vaguait aussi un surprenant parfum de braise. Le Zoppo, notre ancienne cantine, avait pourtant mis la clef sous le paillasson l'année précédente et de toute façon, à pareille heure, les rues du centre embaumaient plutôt le pain frais et les viennoiseries juste sorties du four.

La cloche aigrelette de Notre-Dame du Finistère répondait à celle de Saints-Michel-et-Gudule. J'oubliai de compter les coups. Au lieu de cela, l'esprit en pièces détachées, je refermai la fenêtre.

3

« On est débordés, tu es au courant ? »

La paire d'escarpins reposait sur la table, devant l'écran allumé, entre le clavier et la souris. Ce voisinage incongru détonnait d'autant plus que Katrien n'avait presque rien changé à la décoration déjà monacale du bureau de Sébastien. Même la devise en lettres gothiques était restée punaisée au mur. *On ne peut rien négliger.* Seules la photo du défunt père en grand uniforme et celle du frère aîné en frac de concert apportaient une touche personnelle à sa récente installation. Elle n'en était pas encore à exposer le portrait de son chat. Ni surtout le mien.

« Les tribunaux et les prisons, encore plus », observai-je.

Elle haussa les épaules.

« Vu comme ça… »

Debout devant la fenêtre, elle me tournait le dos. Elle n'avait débloqué la porte qu'à l'énoncé de mon prénom. Je l'avais interrompue en toute fin de déguisement. Sous la veste du tailleur, la jupe assortie avait pris le relais du pantalon, mais la moquette râpée qui, à cet étage réservé aux cadres, remplaçait le linoléum juste bon pour les sous-fifres du deuxième l'autorisait à différer la touche finale de ce qu'elle vivait comme une irritante obligation, au travail en particulier. Ses orteils sans vernis agaçaient les pointes renforcées du collant noir, acheté un poil trop serrant. L'emballage déchiré dépassait de la corbeille à papier. Celui-là, me disais-je, aurait une vie plus brève que ses prédécesseurs. Mais en attendant, elle devrait bien s'en accommoder, car il y avait du pow-wow dans l'air.

« Enfin… *Je weet het best*[2] », marmonna-t-elle.

J'avais de toute façon cause gagnée.

La haute baie diminuait encore sa petite taille. Elle affectait de contempler les plis du drapeau belge qui, derrière les carreaux, ondulait paresseusement sous la brise molle de cette fin de matinée. Grâce au reflet, je voyais bien qu'elle s'escrimait à rentrer derrière sa ceinture les pans récalcitrants de son chemisier.

« Laisse-moi deviner, m'enquis-je. Le procureur général ?

— Pire. Le chef de cabinet du ministre.

— Ah ? Ce n'est pas Cyriel qui devrait… ?

— Si ! »

Le patron déléguait. Ça sentait le faux-fuyant. Il avait dû prétexter une descente sur le terrain, son grand dada.

Enfin, elle se retourna.

« Pour Donato, c'est d'accord.

— Bien, fis-je. Ce sera vite réglé. »

---

2. Tu le sais très bien.

Après une hésitation, elle resserra d'un cran sa ceinture, boutonna la veste prince-de-galles puis se tapota le derrière.

« Me moule un peu trop les fesses… »

On pouvait n'être pas d'accord. Elle soupira.

« Fais ce que tu as à faire, Barthélemy. Si quelqu'un pose des questions, tu me l'envoies. Je te couvre.

— C'est noté. Merci.

— Pas de quoi. Donato, je connais.

— C'est le moins qu'on puisse dire.

— Mais pas besoin de le dire ailleurs qu'ici, d'accord ? »

J'opinai.

« Je serais bien venue, mais cette semaine-ci, je n'ai vraiment pas le temps. *Jammer genoeg*[3]. Tiens-moi au courant, cette histoire m'intéresse. Rappelle-moi, *die vent z'n naam*[4]… ? »

Le nom lui échappait. Moi aussi. Je relus mon papier.

« Pintens… Maxime Pintens.

— Trafic de faux, c'est ça ?

— Oui. Faux tableaux de maître.

— Un artiste… Il n'a pas dû prendre cher.

— Non. En plus, sorti à mi-peine pour bonne conduite.

— Juste le temps de croiser Donato.

---

3. C'est bien dommage.
4. Le nom de ce type.

— Surpopulation carcérale. Mélange des genres… »

Elle jeta un coup d'œil inquiet à son bracelet-montre.

« Ne t'inquiète pas, fis-je, tu es impeccable.

— Mais déjà en retard.

— Alors sauve-toi. »

Elle fit une moue.

« *Godverdorie*[5] *!* Cette foutue hiérarchie me casse les pieds ! »

Je laissai échapper un rire.

« La hiérarchie, c'est toi, ne l'oublie pas ! »

Ce matin plus encore que les autres jours, elle semblait mettre en doute cette audacieuse affirmation. Tandis qu'elle s'affairait à glisser des papiers dans une chemise, la conversation tomba. Une ouverture se présentait. Katrien avait beau être une femme de peu de mots, j'éprouvais souvent quelque difficulté à briser ses silences. J'avais pourtant une annonce à lui faire. Mais non, décidément, le moment et l'endroit s'avéraient impraticables.

Je me rabattis sur de l'accessoire – fût-il plaisant.

« C'est nouveau, ce tailleur ? J'aime beaucoup. »

Katrien leva la tête, me gratifia d'un demi-sourire. Je notai qu'elle avait maquillé la cicatrice sur sa pommette.

« Tu as intérêt !

— Ah oui ?

5. Nom de Dieu !

— Je l'ai choisi en pensant à toi… Enfin, *aussi.* »

Elle connaissait mes goûts, mais n'en jouait qu'avec la parcimonie jugée propice à leur entretien et, avant toute chose, la volonté bien arrêtée de n'en jamais faire une règle.

« En automne, je mettrai des bottes avec… »

Me dire ça au printemps ! À sa manière lapidaire, Katrien pratiquait parfois la cruauté mentale.

« Bon, fit-elle. J'y vais. »

D'une main, elle ôta l'élastique qui maintenait son blaireau de cheveux blonds, les secoua pour leur rendre du volume et jeta un coup d'œil à son reflet dans le carreau de la fenêtre.

« Tu n'oublierais pas quelque chose ?

— *Wablief*[6] *?* »

Elle s'apprêtait à ouvrir la porte.

« À propos de bottes… » plaisantai-je.

Son regard tomba sur ses orteils, puis remonta jusqu'au bureau ministre où les escarpins patientaient.

« *Verrek*[7] *!* »

J'avais rejoint le couloir. Au moins, elle ne me verrait pas sourire. Tandis que je m'éloignais, je l'entendis crier :

« Barthélemy ! Merci !

— Merci pour quoi ? » criai-je sans me retourner.

La réponse me parvint juste à temps.

6. Pardon ?

7. Merde !

« *Die verdomde schoenen*[8] *!* »

J'avais donc carte blanche pour m'occuper du cas Donato. Avais-je seulement douté de l'obtenir ? N'avais-je pas plutôt espéré, en mon for intérieur, qu'elle me la refuserait ? Tandis que je gravissais l'escalier, je me demandais déjà comment expédier vite fait cette corvée déplaisante. Car il n'entrait pas dans mes intentions de me vautrer dans ce simulacre d'affaire. Katrien avait dit vrai : nous croulions sous le boulot.

Aussi décidai-je de soustraire une heure de mon temps aux travaux urgents pour réunir un minimum de documentation. Une heure et pas davantage. Si j'aimais passer par les archives du palais, rien ne justifiait ici pareille démarche. La Toile et nos bases de données devraient y pourvoir. En sautant la pause de midi, je parviendrais à satisfaire dans les délais la légitime impatience du juge Daubie. Et dès le lendemain matin, le dénommé Maxime Pintens recevrait une petite visite de courtoisie.

En fin de compte, il s'agissait pour moi de fermer une porte, activité dans laquelle notre service s'était pour ainsi dire spécialisé ces dernières années. La conversation avec Donato remontait par bribes dans ma mémoire. Elle illustrait une forme d'absurdité caractérisée. Au cours de ma carrière, il m'était certes arrivé de frôler les marges d'une certaine logique. Pour autant, cette dernière était

8. Ces foutues chaussures !

invariablement retombée sur ses pattes, fût-ce au prix de quelques acrobaties. En récompense de mes efforts, je comptais bien tordre le cou à la lubie idiote de mon ex-taulard.

Ce premier plan de bataille compensait mal un regret informulé. L'occasion s'était présentée et j'avais reculé : une fois encore, j'avais remis à plus tard l'annonce de mon possible déménagement. En réalité, ma résolution du moment tâchait d'occulter une déconfiture minuscule, de celles qui vous rappelaient vos petites lâchetés. Bon, j'avais encore le temps d'y remédier.

Les collègues étaient sur le pont. Planté devant le percolateur, le grand Marlaire me lança un regard sévère par-dessus sa tasse dont, à l'évidence, le contenu offensait ses papilles. Il m'en tenait à juste titre pour responsable. Plus déférent que jamais, Ferraoui exécuta une brève variante du garde-à-vous en position assise et Pardoen, quant à lui, sortit un instant de l'état d'heureuse béatitude que lui inspirait encore, chaque matin, son évasion réussie du monde bleu de la défunte gendarmerie.

« Vu le Blaireau ? » fit Marlaire, qui devinait souvent juste.

J'opinai.

« Entre deux portes, précisai-je.

— C'est plus un blaireau, c'est un furet ! »

Il sifflota l'air – *Il court, il court…* –, alla vider la cafetière dans le lavabo et la rinça à grande eau. Inutile d'épiloguer. Entre Katrien et Hugues Marlaire, les démêlés félino-canins avaient pris fin avec la promotion de la première. De façon surprenante, la pilule une fois digérée, le gaillard avait plutôt bien vécu la situation. Sa plaisanterie anodine me conforta toutefois dans la résolution que nous avions prise. Pour la bonne marche du service, notre histoire devait demeurer, sinon secrète, du moins discrète.

« Bon, dit-il. Je vais nous faire un café convenable ! »

Ferraoui pouffa.

« Digne du mess des officiers ? »

Marlaire haussa les épaules. Son prochain rappel approchait, il n'en ratait aucun. Fût-ce pour la gloriole, l'armée belge lui offrait l'avancement que la PJ lui chicanait depuis des années.

« Pour un jus de caserne, demande à Pardoen ! »

Placide, l'intéressé leva le nez de son écran :

« Si un cafard fait la planche dedans, ça y ressemblera. »

Tandis que Marlaire s'affairait à remplir le filtre, je repris place à mon bureau. Ferraoui recula sa chaise, dont les roulettes manquaient d'huile. Il affichait un air de conspirateur.

« Je crois que ça va bouger, inspecteur », murmura-t-il.

Après quatre années de service, le respectueux jeune homme se croyait toujours en stage et, pour s'adresser aux anciens de l'équipe, leur donnait obstinément le grade qui était entre-temps devenu le sien. Marlaire s'en amusait et pour ma part, lassitude ou résignation, j'avais fini par ne plus relever.

« Ah oui ? »

Il haussa les sourcils, qu'il avait broussailleux.

« Quand je suis passé au premier, le boss avait laissé sa porte ouverte et ça téléphonait dans tous les sens…

— J'en viens aussi. Pas fait attention.

— Et surtout… »

Faute de se donner aucune importance, Ferraoui aimait passer pour un homme informé. Histoire de lui faire un menu plaisir, j'entrai dans son jeu. Ça ne mangeait pas de pain.

« Surtout ?

— Aujourd'hui, il a sorti son blouson de cuir.

— Le vieux noir tout griffé ?

— Le vieux noir tout griffé !

— Ah… Alors en effet… »

Je laissai en suspens la conclusion qui, à voir sa tête, tombait sous le sens. Il pouvait fort bien être dans le bon. Cela collait en tout cas avec la réunion surprise que le commissaire divisionnaire venait de refiler à sa subordonnée la plus directe.

Voilà qui ne faisait mes affaires en aucune manière. Raison de plus pour m'y mettre tout de suite. J'attrapai un bloc-notes, décapuchonnai mon stylo et me mis à tapoter une première requête sur le clavier de mon ordinateur.

Une heure plus tard, dans le respect pointilleux de l'horaire borné par mes scrupules, j'avais réuni assez de données pour débarquer dès le lendemain chez Maxime Pintens, porteur d'un savoir tout neuf et d'un message encore à définir.

Peintre figuratif au parcours jusque-là discret, placé sous le signe d'un réalisme hors modes sinon démodé, le bonhomme s'était soudain fait un nom en laissant ses pinceaux pour devenir le héraut d'un artiste bruxellois d'origine anversoise, Évariste van de Meulebroeck (1578-1647). La carrière de ce petit maître dans la capitale des Pays-Bas méridionaux, à cheval sur les XVIe et XVIIe siècles, s'était déroulée sans heurt et sans éclat. Sorte de croisement entre le grand Gaspard de Crayer et le plus modeste Daniel Seghers, il avait enrichi l'histoire de l'art de quelques vastes allégories religieuses dispersées dans une dizaine d'églises brabançonnes et de médaillons peints au centre de compositions florales réalisées par des confrères spécialisés. La majeure partie de son œuvre s'était perdue au fil des vicissitudes historiques qui avaient ravagé les campagnes et les cités du plat pays.

Un tardif regain de faveur avait permis à Maxime Pintens de s'en faire le redécouvreur attitré. Négligeant son art personnel, celui-ci s'était mis à écumer les archives de guildes, explorer les fonds de communautés et visiter les collections particulières afin de dresser un catalogue raisonné. Ensuite, avec l'aval de l'Institut royal du patrimoine artistique, il s'était lancé dans diverses missions de restauration. Ses connaissances en chimie, acquises lors d'un premier passage par l'université, s'étaient révélées déterminantes dans ce parcours alternatif. Sa science des pigments d'époque, notamment, l'avait propulsé dans le cercle très fermé des autorités consultées par les amateurs d'art.

Peu à peu, par le biais d'Évariste van de Meulebroeck, le peintre contrarié s'était donc hissé sur le devant de la scène artistique, au point d'y acquérir un certain renom. La fortune lui souriait enfin, sous une forme certes inattendue. Mais comme trop souvent, le succès contenait en germe les ingrédients de la chute. Même lues en diagonale, les minutes du procès retraçaient, étape après étape, l'itinéraire somme toute classique de Maxime Pintens sur les chemins de la tentation. Le ministère public n'avait pas eu à forcer le trait. L'émergence trop régulière et de plus en plus rapprochée d'œuvres inconnues, redécouvertes, authentifiées et restaurées par ses soins, faute de décourager les collectionneurs avides de collectionner, avait vite mis la puce à l'oreille de concurrents qui, encore échaudés par l'intrusion dans leurs rangs d'un collègue mal adoubé, commencèrent à surveiller de près ses transactions et ses fréquentations.

La lecture des pièces me rappelait l'affaire Van Meegeren, cet artiste frustré qui, dans les années trente, avait commis de faux Vermeer en combinant talent pictural authentique et bricolages astucieux. Pintens l'avait en quelque sorte imité. Son procédé de vieillissement artificiel des vernis et sa maîtrise des craquelures n'avaient pas peu contribué au succès de ses escroqueries. À l'inverse d'un Van Meegeren pressé de se mesurer à l'un des plus grands, son génie avait sans doute consisté à s'attaquer aux œuvres d'un artiste mal documenté et donc susceptible de nombreuses paternités. Sa dextérité et son sens inné de la composition avaient fait le reste. Jusqu'au jour où la science s'en était mêlée. Ce que l'œil humain n'avait pu déceler, le microscope électronique et l'analyse spectrographique s'en étaient chargés. Une vingtaine de faux intégraux, allant de la toile d'autel au tableautin de salon, avaient été découverts. Et l'édifice s'était effondré.

Comme Katrien l'avait justement conjecturé, Maxime Pintens n'avait pas pris cher. Mieux défendu, il s'en serait tiré avec un bracelet électronique à la cheville. Mais la mise sous séquestre de ses biens l'avait laissé sans beaucoup de moyens et il avait dû se rabattre sur un ténorino du barreau, avec deux ans ferme pour tarif à la conclusion de son procès. L'homme avait retrouvé la liberté avant la fin de sa peine et, si j'en croyais les documents concernant sa levée d'écrou, avait franchi en sens inverse le seuil de la prison deux bons mois avant Donato.

L'heure allouée était passée. J'hésitais à poursuivre ma navigation à vue entre les documents consacrés aux tribulations du faussaire quand la porte du bureau s'ouvrit et encadra la figure du grand patron en majesté, soit sapé comme au lointain début de sa carrière. Aucun début de bedaine, aucune amorce de calvitie ne venaient ternir ce regain de jeunesse, à peine contredit par les fils d'argent semés dans sa chevelure châtain foncé.

Lenaerts se tenait derrière lui, l'air constipé.

« On tombe les cravates, *jongens*[9] ! »

Personne n'en portait, même pas lui – et Lenaerts, très politique, avait ôté la sienne en catimini. C'était son cri de guerre. Avec l'autorité naturelle qui le caractérisait, Cyriel Walsschaert ne criait pourtant jamais. Chacun se leva sans poser de question.

« Dans cinq minutes aux voitures, avec tout l'attirail ! On donne un coup de main aux collègues de la locale. Au menu : descente et perquisition. Boulot classique. Briefing en bas… »

Monté sur ressorts, Marlaire enfilait son blouson, enfonçait dans son étui son gros Beretta et empochait ses chargeurs. Dans la précipitation, en ouvrant mon tiroir, je faillis embarquer le pistolet de Donato au lieu de mon Browning. Les autres avaient laissé leurs pétoires au coffre et se disposaient à les récupérer.

On avait beau connaître la musique : comme chaque fois, ça fleurait bon le trot précédant la charge, les premiers coups de rame de la chaloupe lancée par son équipage vers le grand large. Impression aussi trompeuse que stimulante. Surtout qu'ici, il n'était pas question de courir au casse-pipes. Si tel avait été le cas, même en jupe, Cyriel ne se serait pas débarrassé de sa plus fine gâchette en l'envoyant jouer les potiches au ministère.

Quatre vers de Keith Douglas me traversèrent l'esprit :

9. Jeunes gens.

O how often Arcturus
Have you and your companions
Heard the laughter and the distant shout
Of the long tube a man sets to his mouth[10]

Voilà qui donnait du lustre à ce départ sans fanfare. En décrochant ma veste, je me demandai si le *captain* Douglas avait écrit cela en Normandie, dans la tourelle de son Sherman. C'était séduisant, mais peu probable. J'avais oublié la date du poème et le poète avait été tué au quatrième jour du Débarquement.

Alors que, d'un clic de souris, je fermais la fenêtre de mon ordinateur, l'écran demeura un instant figé sur la liste des témoins cités à comparaître au procès Pintens. Une furtive sensation de gêne me fit tiquer. Je fus tenté de rallumer, mais il était trop tard. Les autres dégringolaient déjà l'escalier vers la sortie.

Cette fois, nous éviterions de passer par la librairie. Je quittai le bureau bon dernier, comme souvent. Le moka de Marlaire commençait à réduire dans la cafetière.

---

10. Ô Arcturus, combien de fois / Avez-vous, toi et tes compagnons, / Ouï le rire et le cri lointain / De la longue trompette qu'un homme porte à sa bouche.

4

La bruine matinale posait un léger vernis sur les trottoirs et passait au noir l'asphalte rapiécé de la chaussée. Puisque j'avais renoncé au parapluie, je tirai mon bonnet sur mes oreilles. Donato avait dit vrai, je n'avais pas dû marcher loin. Au cœur de la ville pourtant bien réveillée, le quartier dégageait un calme insolite. À cause des travaux sur le boulevard, diverses voies barrées décourageaient les automobilistes amateurs de raccourcis. La raréfaction des voitures conférait donc au voisinage un air plus abandonné que d'habitude. Ces dernières années, les promoteurs immobiliers s'attaquaient à la rue du Marais et bétonnaient ses berges de bâtiments qui, eussent-ils été franchement laids, auraient du moins laissé au quartier, à défaut d'âme, un vestige de caractère. Au lieu de cela, l'artère ressemblait de plus en plus à un défilé d'immeubles anonymes.

Situé à l'angle de la rue des Sables, l'édifice me surprit à plus d'un titre. Vu ses avatars de fortune, j'avais imaginé la retraite de Maxime Pintens nichée dans l'un ou l'autre clapier cubique. Au contraire, je me trouvais au pied d'une maison bourgeoise à trois étages, aussi étroite que haute. Noirci par une antique suie et la poussière des chantiers environnants, le crépi lézardé tombait par plaques. La présence d'un gratte-pied à gauche du seuil renseignait le visiteur quant à l'ancienneté du bâtiment, visiblement promis à la pioche des démolisseurs.

Le tableau des sonnettes s'était mis au diapason. Les boutons avaient disparu, de même que les plaquettes aux noms des occupants de l'immeuble. Collé sur le bois de la porte, sous l'espace vierge libéré par un heurtoir sans doute ferraillé, un avis manuscrit, dont l'encre bavait malgré la feuille de plastique censée le protéger, précisait : *La porte est ouverte. Je suis au troisième. M.P.*

Quand je pénétrai dans le vestibule, lequel ouvrait directement sur la cage d'escalier, un violent remugle de moisi, de plâtre et de bois mouillé me ramona les fosses nasales. Contre le mur, un amas détrempé de prospectus jouait les arrêts de porte. Pour refermer le battant derrière moi, je dus m'y reprendre à trois fois, tant le pêne rechignait à tenir dans sa gâche. Quand j'y parvins, l'espace baigna aussitôt dans une pénombre d'église.

La seule lumière descendait par la cage d'escalier, comme d'un lointain lanternon, aspergeant les marches de reflets en cascade. Sur les murs, le staff imitation marbre partait en lambeaux. Des planches clouées condamnaient l'accès à l'appartement du rez-de-chaussée. Méfiant, j'entamai mon ascension vers les hauteurs.

Les degrés grinçaient de façon inquiétante et, mieux que sur mon pèse-personne, je compris que ces derniers temps, j'avais encore pris du poids. Cela me fit presque oublier ma vieille blessure qui, outre se réveiller à chaque épisode pluvieux, m'incitait chaque jour à emprunter les ascenseurs lorsqu'il y en avait.

Les étages proposaient le même spectacle que le rez-de-chaussée, en moins crépusculaire. Quand, le souffle de plus en plus court, j'attaquai l'ultime volée qui menait au troisième, le décor enfin baigné d'une lumière franche perdit un peu de son initiale désolation. Posées de chaque côté des marches, des statues de saints formaient une haie d'honneur – ou plutôt, vu leur état misérable, une cour de loqueteux. Affalés sur le palier, ceux qui ne tenaient plus debout encombraient le passage. Tout cela devait provenir d'un sanctuaire désaffecté. Avec son habituel sens de l'à-propos, Keith Douglas en profita pour me souffler un commentaire d'ambiance :

In the church fallen like dancers
Lie the Virgin and St Thérèse
On little pillows of dust[11].

D'autres que lui l'avaient bien dit : la poésie s'invite partout, jusque dans les ruines. Sauf qu'ici, la mérule avait remplacé les obus. Ses ravages sautaient aux yeux. Un genre de sciure jaunâtre

11. Dans l'église, tombées telles des danseuses / Gisent la Vierge et sainte Thérèse / Sur de petits oreillers de poussière.

recouvrait tout, y compris la rampe. Je me frottai les mains.

Une carte de visite malpropre était punaisée de travers sur le chambranle. La porte bâillait. Je frappai. Quand nous travaillions en binôme, c'était le plus souvent Katrien qui pressait les boutons de sonnette, sauf quand ils étaient placés trop haut. Repris par le doute, j'espérai que personne ne répondrait.

Une carte de police dans votre portefeuille fait toute la différence. L'adolescent boutonneux eût tourné les talons, le flic blanchi sous le harnais poussa un soupir, puis la porte. Si la raison première de ma venue demeurait claire dans mon esprit, la teneur du message que j'avais à délivrer se dissolvait par contre dans un bouillon d'incertitude.

Le changement de décor eut vite fait de distraire ma préoccupation. Bourré d'un invraisemblable bric-à-brac, l'espace dans lequel je venais de pénétrer déployait en hauteur une soudaine vastitude. Découpée dans la pente du toit, une verrière ouvrait à la lumière un authentique atelier de peintre. Le regard y trébuchait parmi une accumulation de meubles disparates. Pour la plupart retournées et posées contre deux rangs d'armoires, des toiles montées sur cadres ébauchaient une sorte de couloir, dans lequel je m'engageai. Ce boyau reliait une succession de pièces improvisées. Chassée vers le faîte du toit par le jour de la verrière, l'obscurité comblait le gouffre inversé d'une charpente à l'ancienne.

« Il y a quelqu'un ? » risquai-je.

De loin en loin, un tintement irrégulier perçait le silence de ce lieu hors du monde. Quand mon pied heurta un seau plein à ras bord, j'en compris l'origine. Là-haut, le toit fuyait, distillait goutte à goutte le crachin matinal.

« Maxime Pintens ? »

Toujours aucune réponse. Je traversai un espace élargi, où se dressait un lit de camp défait et traînait une manne à linge emplie de vêtements chiffonnés, peut-être propres. Ici, les toiles osaient révéler leurs sujets. Bon nombre d'entre elles proposaient des angelots fessus et des nativités dans le goût baroque. Enfin, nimbant une garde-robe coiffée de crucifix en cuivre, je crus distinguer la lueur chaude d'une lampe.

Avant de parvenir à destination, je traversai un nouvel espace, qui semblait servir à la fois de cuisine et de laboratoire. Cornues et poêles à frire y voisinaient parmi un empilement de bocaux indifféremment dédiés, si l'on en croyait les étiquettes, à la conservation de légumes et de pigments. À supposer que l'endroit fût réellement habité, les frichtis du maître de céans promettaient d'avoir un drôle de goût. Le doute persistait.

« De ce côté ! Ne renversez pas les seaux ! »

La voix, une basse éraillée, restaura d'un coup mon sens de l'orientation. En moi, le soulagement se mêlait à la curiosité. Au bout de l'étroit passage apparut un dos voûté, serré dans une chemise à carreaux maculée de taches, et un crâne chauve.

À droite du personnage, une lampe-tempête prêtait main-forte au jour de la verrière. Entre ces feux inégaux, une peinture de vastes dimensions étalait ses rouges et ses ors.

« Si c'est pour les deux mille, je ne les ai pas ! »

L'homme ne m'avait pas vu. Penché sur sa toile, l'air absorbé ou recueilli, il poursuivait son monologue.

« Ça peut bien attendre… Vous avez mes tubes ? »

Je me plantai derrière lui, me raclai la gorge. Enfin, avec lenteur, il tourna la tête dans ma direction, cligna des yeux.

Des deux, je dus être le plus étonné. Libéré à mi-peine pour bonne conduite, vraiment ? Pour raisons de santé, plutôt ! Le faciès émacié de Maxime Pintens – j'eus de la peine à reconnaître ses traits platement photographiés dans le dossier judiciaire – valait démonstration. Contrairement au *Christodoulos* de Douglas, s'il *remuait ses sept mentons*[12], ceux-là étaient garantis sans graisse et pendaient à son cou tel le fanon verruqueux d'un dindon malade.

Il me considérait en silence, la mine soucieuse. S'il avait eu des sourcils, sans doute les eût-il froncés.

« Maxime Pintens ? » répétai-je, après un temps.

Son front se plissa. Il opina, toujours aussi lentement.

« Lui-même. »

---

12. *Christodoulos moves, and shakes / His seven chins. He is that freak / A successful alchemist*, etc.

Du moins, j'avais trouvé mon homme.

Je me présentai :

« Inspecteur Dussert. Police judiciaire. »

Celle de service ne s'imposant pas dans un tel contexte, j'avais préparé une carte de visite, que je lui tendis. Une paire de lunettes traînait sur un tabouret. Il peignait sans. Maxime Pintens la laissa où elle était, prit ma carte et, sans la lire, la glissa dans la poche de sa chemise.

« La police ? Tiens, tiens… »

Un rictus craquela ses joues.

« J'hésite, souffla-t-il. *Encore* ? Ou *déjà* ? »

L'allusion, si c'en était une, m'échappa.

« Vous le savez sûrement mieux que moi, M. Pintens. »

Ma réponse n'engageait à rien. Il parut s'en amuser.

« Où ai-je la tête ? C'est vous qui posez les questions. Rassurez-vous, je connais la musique, monsieur… ? »

Il récupéra ses lunettes, les chaussa, puis fouilla sa poche avec deux doigts. Je le devançai.

« Dussert. Inspecteur Dussert. »

Le peintre hocha la tête.

« C'est pratique, les titres. Le vôtre m'évitera d'écorcher votre patronyme, inspecteur. Dans quelques minutes, je l'aurai oublié, de toute façon. Voyez-vous, j'ai une exécrable mémoire des noms. Sauf ceux des grands peintres. Et des artistes en général. Ne me demandez pas pourquoi, c'est ainsi… »

Les lunettes hissées sur le front, il se remit à l'ouvrage. La toile portait une œuvre presque achevée, à première vue originale mais empreinte d'un maniérisme ancien, qui me rappelait certains Spranger des musées pragois. Vêtus à l'antique, des hommes au teint bistre y entreprenaient des femmes livides avec un entrain factice. S'il ne s'agissait pas là d'une variation, copiait-il de mémoire, lui qui prétendait l'avoir si mauvaise ?

« Pas de mal, M. Pintens. C'est probablement la dernière fois que nous nous voyons. Je serai bref. Le but de ma visite est à la fois simple et difficile à mettre en mots… »

D'une main sûre, l'homme posa une touche de jaune sur un drapé de soie carmin. J'allais presque me sentir de trop. Pourtant, son apparent désintérêt n'était qu'une façade.

« Allez-y franco. Depuis quand les gens de votre espèce prendraient-ils des gants ? On verra bien ce que cachent vos bonnes manières, inspecteur. Surprenez-moi, si vous le pouvez ! »

Du regard, je cherchai un siège. Aucun n'était libre. Sans cesser de peindre, l'homme me surveillait du coin de l'œil.

« Vous aurez compris que je reçois peu. Mais à vrai dire, dans vos bureaux, l'hospitalité ne m'a pas semblé irréprochable… »

Cet homme suait l'ironie par tous les pores. Je n'étais pas venu jusqu'ici pour essuyer ses sarcasmes policés. Aussi décidai-je de mettre mes grands pieds dans le plat.

« Un nommé Donato, ça vous parle ? »

Le pinceau s'immobilisa à deux centimètres de la toile. La main ne tremblait pas. Nu jusqu'au coude, le bras décharné, sans appui, révélait une force étonnante.

« Ce bon Lorenzo… » murmura-t-il.

Le pinceau reprit son mouvement, fluidifiant le reflet d'or sur la soierie. L'homme avait dit vrai. Sa mémoire calait aussi sur les prénoms. Je m'abstins de le corriger.

« Comment va-t-il, depuis le temps ? »

Le ton demeurait distant, plein de mépris et de causticité.

« Je lui ai trouvé mauvaise mine », répondis-je.

Cette fois, Pintens lâcha un rire clair, qui dégénéra aussitôt en toux caverneuse. Un mouchoir sortit de sa poche. Des mouchetures sombres constellaient la batiste blanche. Il s'en couvrit la bouche et le nez, respira un bon coup.

« Ça nous fait un point commun supplémentaire. Sous des dehors frustes, savez-vous que c'est un artiste à sa manière ? Il m'a refait le portrait. Je n'ai pas toujours eu ce nez cassé…

— Je vois… Cohabitation difficile ? »

Il examina son mouchoir avec circonspection. Je pariai pour des taches de peinture. J'ai l'optimisme sélectif.

« Difficile, oui. C'est le mot.

— Mais encore ? dis-je.

— Demandez à Daniel ce qu'il pense des lions.

— Ils ont pourtant fini copains.

— J'ai dû mal m'y prendre. Ou alors manquer de foi… »

D'une main toujours aussi ferme, il modifia l'orientation de la lampe-tempête, chassant l'ombre née du passage d'un nuage.

« Votre goût pour les putti aurait-il choqué ? »

J'y étais allé à l'inspiration. Embusqué au coin d'un tableautin, un angelot potelé nous épiait d'un regard équivoque. Avec ses moignons d'ailes, il devait voler comme un fer à repasser.

« Le raccourci est saisissant, inspecteur. Et surtout très réducteur. Par les temps qui courent, dans ce merveilleux pays, j'imagine à quel point il doit être devenu délicat d'exercer encore le beau métier d'instituteur. Ce cher Lorenzo, si j'ai bien compris, a mal interprété une allusion qui se voulait stupidement plaisante. Quand on a distribué le second degré, cet abruti devait siéger là où le Roi va à pied. Si seulement il y était resté… Au lieu de cela, il m'a fait visiter les lieux. De très près… »

Il se frotta l'arête du nez. De fait, Donato l'avait soigné.

« Mais vous n'êtes pas venu jusqu'ici pour recueillir mes souvenirs de taule. J'aurais pu porter plainte contre lui, mais je m'en suis abstenu. Et je n'imagine pas que vous ayez conçu le projet, par ailleurs bien tardif, de me faire changer d'avis… »

Pintens grimaça, aspira une goulée d'air. Cette fois, sa main droite tremblait. Il l'éloigna de la toile.

« Vous avez raison, M. Pintens. Pour faire simple, je m'acquitte d'une commission. Rien ne m'y oblige, mais il m'a semblé que cette démarche pourrait vous être profitable. Je ne rentrerai pas dans des détails que j'ignore. Ce qui s'est passé entre vous et Donato ne me concerne en rien… »

L'homme déposa le pinceau, reprit son mouchoir et s'en essuya les mains. Il soupira, dirigea son regard vers le paysage urbain aux toits luisant de pluie.

« Je vous écoute… Que me veut-il, ce bon Lorenzo ? Puisque c'est lui qui vous envoie, n'est-ce pas ? »

Le point était sensible, du moins pour moi.

« Le verbe est très mal choisi.

— Mes excuses, inspecteur. Pour être honnête, j'avais attendu un autre genre de… messager. En définitive, votre apparition constitue presque une bonne surprise.

— Vous ne croyez pas si bien dire.

— Et donc, ce message, quelle en serait la teneur exacte ? »

Assez tourné autour du pot, on en venait au fait.

« Eh bien, M. Pintens, si j'interprète correctement le souhait de votre ancien compagnon de cellule… »

L'homme avait levé la tête. Il jouait avec ses lunettes.

« M. Donato, continuai-je, vous demande de mettre fin à certaine… action le concernant. Faute de quoi, il se sentirait obligé d'agir à son tour. Ce qui ne serait pas souhaitable… »

Pintens eut l'air de réfléchir. Il secoua la tête.

« Vous a-t-il parlé de cette action, inspecteur ?

— Laquelle ? »

Le sourire du peintre découvrit à nouveau ses dents jaunes.

« Si je vous suis bien, l'action qu'il m'impute serait déjà en cours d'exécution, et sa réaction à l'état de projet ? »

Je n'étais pas venu ici pour jouer aux devinettes.

« Quant à l'action qui le chagrine, M. Donato m'a montré un échantillon de ses conséquences supposées. Ne me demandez pas mon avis, je n'en ai aucun. Par contre, si rien ne change, ses intentions à votre égard sont sans mystère... »

Pintens sembla étrangement rasséréné.

« J'ignore si je me fais bien comprendre, conclus-je. Mais si tel est le cas, j'espère que vous savez quoi faire... »

Il avait déposé ses lunettes, repris son pinceau et, du bout du manche, tapotait ses longues incisives à demi déchaussées.

« Rassurez-vous, inspecteur. Je comprends parfaitement. »

Un éclair de malice traversa son regard.

« Mieux que vous, j'en suis sûr ! »

Je me gardai de réagir, le laissai poursuivre.

« L'art est puissant pour quiconque s'y adonne avec respect, inspecteur. Plus puissant que la violence et la malignité. Il n'est jamais trop tard pour en faire l'expérience. Et pareille expérience peut enrichir une vie médiocre. Sous ce rapport, la douleur constitue une voie non dénuée d'intérêt, grosse d'enseignements...

— Que voulez-vous dire ?

— Je me comprends. Disons qu'une occasion m'a été donnée, et que je l'ai saisie. En un sens, l'art permet de franchir certains paliers. Dans ce cas de figure, il devient même *grand art*… »

Ce genre de discours fumeux, j'en avais entendu d'autres, certains soirs de permanence. Le bonhomme devait absorber des produits contre le mal qui, à l'évidence, le rongeait. Les anesthésies, entre autres, laissent souvent des traces chez les gens les mieux équilibrés, dont l'esprit se met soudain à battre la campagne sous d'étonnants dehors de lucidité. Vers la fin de sa vie, ma mère était passée par là. Je ne m'en étais jamais remis.

« Bien, l'interrompis-je. Puisque je ne vous apprends rien… »

Soudain grave, Pintens leva la main.

« Les intentions de Donato, je les devine… »

On revenait en terrain connu. Je préférais cela.

« Si vous portez plainte, nous pouvons vous aider. »

L'homme fit « non » de la tête. Son affreux sourire reparut.

« Alors que je n'ai reçu aucune menace expresse ? Sans compter que vous et vos collègues avez sûrement d'autres chats à fouetter. Dites-moi si je me trompe. »

Force m'était de lui donner raison. J'insistai néanmoins.

« Je suis officier de police assermenté. Et en cette qualité, j'ai recueilli les menaces orales de Donato… »

Avais-je véritablement l'intention, voire les moyens de protéger ce curieux personnage ? Trop de circonstances mal définies entouraient cette histoire où, si l'on gardait les yeux en face des trous, s'agitaient un ex-truand affligé de problèmes cutanés et un faussaire anémique un peu allumé.

« Laissez tomber, inspecteur. Tout cela vous dépasse. Vous n'y croyez pas vous-même, alors qui vous croirait ? »

Il prêchait un converti. Et son apparente sérénité achevait de me rassurer s'il y avait lieu : j'avais fait tout mon possible.

Pintens m'absolvait d'ailleurs par avance :

« Je doute que ce bon Lorenzo ait l'occasion de mettre ses menaces à exécution, quelles qu'elles puissent être. Croyez-moi, j'ai d'excellentes raisons. Votre venue ne fait que me conforter dans une certitude déjà ancienne. Ce qui ne m'empêchera pas de vous remercier pour le… message. »

Il rechaussa ses besicles, pêcha dans sa poche ma carte de visite et l'examina.

« Si cela doit vous tranquilliser, je possède vos coordonnées. Au cas où, par extraordinaire, je changerais d'avis… En attendant, comme vous le voyez, j'ai une toile à terminer. »

Entre nous, le silence tomba. Pintens passa un pouce dans le trou de sa palette, y écrasa un restant de tube. Du jaune clair.

«Je ne vous retiens pas…»

Le constat m'incommodait : pour d'incompréhensibles raisons, ce type arrogant et sûr de lui me mettait mal à l'aise. J'avais tout intérêt à vider les lieux avant qu'il s'en aperçût.

Sur une formule de politesse aussi neutre que possible, je tournai les talons. Le trajet du retour parmi le bric-à-brac me parut plus bref qu'à l'aller. Dans l'espace qui combinait cuisine et laboratoire, je remarquai un meuble étrange, de forme cylindrique. Monté sur trépied, il était fait de métal et pourvu d'un hublot. Une flammèche bleue dansait derrière le verre épais. Il devait s'agir d'un antique chauffe-eau. Ça ne sentait pourtant pas le gaz, mais vu la quantité de matériaux inflammables à proximité, c'était sûrement une bonne nouvelle.

Quand je sortis de l'immeuble, les dalles du trottoir étaient sèches. La bruine avait cessé. Une fraîcheur bienfaisante me baignait les tempes et je rempochai mon bonnet. Du côté de la rue Neuve, la cloche de Notre-Dame du Finistère sonnait la demie.

J'étais soulagé.

J'ai toujours aimé tenir les promesses.

Même celles que je n'ai pas faites.

5

Le semi-direct en approche envoyait ses premières vibrations, que la terre gelée de certains hivers rendait parfois intrusives au point de faire tintinnabuler les verres dans le vaisselier. Un long coup de sirène annoncerait bientôt son tonitruant passage entre les quais de la gare voisine, derrière les frondaisons du talus. Au jardin, les merles s'en moquaient et vaquaient à leurs bruyantes affaires. Je partageais leur indifférence, non sans reconnaître à ce marqueur sonore la place qu'il occupait dans mes souvenirs. Pendant de longues années, de nuit comme de jour, le va-et-vient des trains sur la ligne Bruxelles-Namur avait accompagné le murmure du vent dans les grands châtaigniers. Ici, aux portes du Brabant wallon, ville et campagne oubliaient leur vieil antagonisme. Ce refus de prendre parti me ressemblait. Aussi, à chacun de mes retours dans cette maison, même après la disparition de mes parents, la certitude s'imposait à moi que j'y réintégrais mon biotope le plus authentique.

La ficelle des derniers ballots me sciait les doigts. Je déposai ma charge sur le tapis du hall, en évaluai la stabilité et m'assis dessus. Les fauteuils et les chaises étaient partis au garde-meuble la semaine précédente, ainsi que certaines tables et armoires. L'antiquaire était passé le matin même et avait effectué son choix parmi le solde du mobilier. Il me restait à mettre de côté les tableaux de mon père que j'avais décidé de conserver. Avant d'appeler le vide-maison, j'éliminais encore la paperasse accumulée d'une vie entière vouée à l'architecture et, non sans remords, les centaines de plans dessinés à la plume sur calque gris, avec la belle sensibilité qu'on pouvait attendre d'un peintre amateur contrarié par son prétendu manque d'imagination. En fuyant le Jardin des oliviers, Judas avait dû éprouver un sentiment cousin du mien. Je pouvais toujours me consoler à la pensée que cette trahison ne me rapporterait pas trente deniers. Ma montre indiquait trois heures. La déchetterie fermait tard le mercredi : j'avais le temps, rien ne pressait.

Le lustre à pendeloques était parti, lui aussi. En face de moi, au-dessus du vide laissé par la commode, le grand tableau se voilait d'une ombre légère, que déchiraient un angle de ciel clair, le crin immaculé du cheval et, surtout, les reflets nervurés de la cuirasse. Un chapeau à plume pour auréole – *en civil*, eût-on dit –, saint Martin raccourcissait d'un coup de rapière son manteau rouge sang. Un demi-siècle plus tard, il n'y était toujours pas arrivé. L'impatience bougonne des deux mendiants vautrés au pied de son canasson n'en paraissait que plus légitime.

Je me sentis sourire. Cette peinture m'avait vu grandir. Accrochée dans le hall, elle surveillait les entrées et les sorties au point qu'on finissait par ne plus la remarquer. Assis sur un monceau de cahiers des charges et d'avant-projets, j'avais le sentiment de remonter vers l'enfance et de mesurer soudain l'abîme vertigineux qui m'en séparait. Sur le tableau, copie avouée d'un Van Dyck, la scène à jamais figée proclamait mon impermanence. En achevant de vider cette maison hantée de fantômes aimés, ne commettais-je pas, en plus d'un reniement, un acte de rébellion voué par avance au plus pitoyable échec ? Certes, j'avais transigé : même au prix de quelques transformations encore à définir, les murs resteraient, et les meubles préférés – dont le *Saint Martin partageant son manteau* constituait l'un des fleurons.

La mort récente de ma mère m'avait brutalement révélé qu'on pouvait se retrouver orphelin, sans fratrie ni descendance, et recevoir en même temps charge d'âmes. Âmes d'autant plus légères, d'autant plus fragiles que je serais amené à en liquider les dernières traces. Avec moi disparaîtrait, de toute façon, la seule parole capable de leur prêter un vestige de sens. Pourtant, le maillon final de la tribu Dussert, demeuré seul à la sortie de l'entonnoir familial, avait fini par admettre qu'on ne pouvait vivre entre les murs d'un musée, fût-il celui de votre propre enfance. A fortiori quand on désirait inviter la femme de sa vie à y poser tout ou partie de ses bagages.

Évidemment, les obstacles ne manquaient pas à cette ébauche de projet. Ils étaient, eux aussi, de nature familiale. Après une terrible maladie dont il s'était sorti, contre tous les pronostics, avec la moitié de ses kilos, le frère de Katrien avait pris le pli de se laisser entretenir. Leur cohabitation à deux étages différents du même immeuble rassurait l'une et arrangeait l'autre. Quant à Schubert, l'adipeux matou de ma douce et tendre, en passe de battre tous les records enregistrés en matière de mauvais caractère et de longévité féline, je pouvais compter sur lui pour contrecarrer mes plans les plus chers. Sa phobie du voyage s'étendait à coup sûr aux déménagements. En fait, j'aurais pour seul allié le piano de Katrien qui, à l'étroit dans son appartement d'Ixelles, peinait à y rendre la sonorité ample qu'on attendait d'un demi-queue. Or la maison de ma jeunesse incluait un ancien garage aisément transformable en salon de musique – argument qui emporterait peut-être l'adhésion du grand frère, violoniste de son état. On verrait bien. Avant de développer mon plan, encore fallait-il en informer la principale intéressée.

Mon attention revint au *Saint Martin*. Enfant, j'avais d'office compté mon père au nombre des grands peintres méconnus. Cette copie du Van Dyck, il l'avait terminée quelques années avant ma venue, durant ses études. À ma connaissance, il n'avait jamais envisagé d'en admirer l'inaccessible original. Selon mes conjectures, il avait dû prendre pour modèle une vignette publicitaire ou une page de calendrier, dont l'approximative polychromie n'avait pas dû l'aider. Je possédais dans un album une photo noir et blanc le montrant à pied d'œuvre devant la toile aux trois quarts peinte, sans la barbe et la calvitie que je lui avais toujours connues. Les autres productions de sa main que j'avais décidé de garder dépassaient la copie respectueuse pour tendre à un modeste degré de réinterprétation. Mon père avait montré davantage d'originalité dans la conception de ses maisons. Mais peu m'importait. Pour le fils loyal qui s'obstinait au fond de moi, ce modeste clone du *Saint Martin* d'Antoine Van Dyck resterait, à sa manière et à jamais, une œuvre originale.

Avec un talent supérieur, Maxime Pintens avait dû suivre une démarche apparentée à celle de mon père, mais davantage complexe et sûrement moins franche. Convaincu, à terme, de trahir un idéal artistique trop grand pour lui, il avait laissé le dépit l'emporter sur l'enthousiasme. L'admiration avait alors cédé la place à l'imposture, au point de l'abuser lui-même. Le calcul ne s'était invité qu'ensuite, avec son carrousel de mensonges et de tromperies. Bref, pour exister selon son vœu, Pintens n'avait eu d'autre choix qu'usurper la défroque, habilement recoupée à ses mesures, d'un autre que lui. Et presque aussitôt, à ses propres yeux, les faux étaient devenus autant d'originaux. Somme toute, en le condamnant, le monde avait commis une manière d'injustice.

Pour la première fois, l'idée me vint, puisque mon père n'en avait pas eu l'occasion, de partir à la recherche de la toile originale. Je m'étonnai de ne pas y avoir songé plus tôt. Rien de plus facile pourtant, avec les moyens actuels. Vu ce que je savais de la biographie du peintre, Londres constituait une localisation possible. Or j'aimais cette métropole, qui arrivait juste derrière Prague au palmarès de mes prédilections urbaines. Déjà, j'imaginais les troublants effets d'une confrontation. Serais-je déçu ?

L'heure avançait. Il était temps d'y aller. Après avoir coupé l'électricité au compteur et effectué un dernier tour de la maison presque vide, je déposai mes ballots sur la terrasse, verrouillai la porte derrière moi puis, chargé comme un mulet, rejoignis la voiture garée dans l'allée pavée.

Le coffre était déjà rempli et la banquette arrière croulait sous les piles de vieux dossiers. Je parvins à caler les derniers paquets devant le siège passager. Tandis que je manœuvrais, mon portable se mit à sonner. Je pestai. J'avais pourtant pris la journée.

« Allô, oui ? »

J'avais coupé le moteur. À l'autre bout du fil – ou plutôt de l'onde –, un individu de sexe masculin toussota.

« Inspecteur Dussert ? »

La voix m'était connue. Elle illustrait à la perfection le concept erroné d'*accent belge* tel que l'entendait le Français moyen.

« Lui-même », dis-je.

L'autre soupira d'aise. Il confirma ma déduction :

« Inspecteur Swartenbroeckx à l'appareil... »

Quand j'avais fait sa connaissance, ce Bruxellois pur jus officiait encore à la police communale, dans la brigade canine. La réforme des services lui avait permis de prendre du galon dans le nouveau corps local. La dernière fois que je l'avais croisé, il portait le deuil du chien Georges, entre-temps admis à la retraite au terme d'une carrière exemplaire. Le coup avait été rude.

« Comment allez-vous, inspecteur principal ? »

J'insistai sur son grade tout neuf. Le brave homme en concevait un plaisir innocent, dont j'eusse trouvé mesquin de le priver.

« Plutôt bien, merci.

— Vous m'en voyez ravi.

— Tout roule pour vous, à la fédérale ?

— On ne se plaint pas… Mais dites-moi ce qui me vaut le plaisir de vous entendre. Aujourd'hui, je ne suis pas de service… »

La précision ne parut pas le contrarier.

« Dans ce boulot, on n'arrête jamais…

— En effet. Si vous m'expliquiez ? »

À nouveau, il se racla la gorge. Attendit. Puis reprit :

« Un certain Maxime Pintens… Vous connaissez ? »

La surprise me coupa la chique.

« Si je vous demande ça, poursuivit l'autre, c'est que dans sa piaule, on a trouvé une enveloppe avec votre nom dessus… »

Que fabriquait la police locale chez Pintens ? J'avais du mal à prendre ce train-là en marche.

« Vous trouverez aussi une de mes cartes.

— J'allais vous le dire.

— Je suis passé chez lui la semaine dernière, dis-je.

— Pour quel motif, si je peux me permettre ?

— Simple témoignage… Rapport à une vieille affaire. »

Pour un peu, j'allais juger indispensable de justifier ma visite. Il n'y avait aucune raison. Mais je me sentais mal pris.

« La routine… » mentis-je.

Décidément, Swartenbroeckx tardait à me donner des précisions. Son silence pas même embarrassé me désarçonnait.

« Il a replongé ? »

Un gloussement me répondit.

« Oh, vous savez… D'habitude, on ne fait pas ça deux fois.

— Pardon ?

— Le gars s'est pendu, tôt ce matin. »

Je réalisai que la nouvelle me laissait de glace – et par la même occasion, que cette froideur m'indisposait.

« Bizarre, commentai-je.

— C'est toujours bizarre, les suicides.

— Il aurait pu faire ça au gaz.

— Sauf qu'il ne l'avait pas.

— Quoi ?

— Le gaz. »

La compagnie avait dû sceller le compteur pour factures impayées. Brutalement, le soupçon me vint que Donato, son forfait accompli, avait pu procéder à une mise en scène. L'hypothèse tenait peut-être la route. Mais tant de sophistication correspondait mal à son caractère peu calculateur, moins encore dans l'état où je l'avais vu, lequel avait peut-être empiré depuis lors.

« Il aurait pu absorber des produits, repris-je. Ça ne manquait pas, chez lui. Son labo ressemble à une cuisine de sorcière.

— J'ai vu. On dit que la peinture ne nourrit pas son homme, mais de là à l'empoisonner, c'est peut-être excessif. »

Je réprimai un rire. Swartenbroeckx gardait tout son sérieux.

« Il aura eu peur de se rater », dit-il.

La suggestion valait qu'on en tînt compte. Je préférai changer de sujet et revenir à l'objet premier de son appel.

« Cette lettre, elle raconte quoi ? m'enquis-je.

— Aucune idée.

— Ah ?

— Puisqu'elle vous est adressée et qu'on se connaît…

— Trop aimable. Vous pouviez passer outre.

— Je sais… Alors ? Vous venez ? »

Si la mort de Pintens ne me faisait ni chaud ni froid, elle n'en titillait pas moins ma curiosité. Quel message ce désagréable individu m'avait-il laissé ? M'avait-il légué une toile ? Je n'aurais su qu'en faire. En partant tout de suite, j'éviterais les premiers embarras sur le périphérique. Tant pis pour la déchetterie.

« Bon… Puisque vous me le proposez si gentiment…

— Courtoisie entre collègues. Vous connaissez l'adresse ?

— Je retrouverai le chemin.

— Parfait. Je vous attends en bas de l'immeuble. J'y suis déjà. »

Dans l'écouteur, je perçus un lointain coup de klaxon, puis le hululement soutenu d'une ambulance.

« J'entends ça, dis-je.

— C'est le client qui s'en va en musique.

— Il n'y a pourtant pas urgence.

— Vous savez comment ça marche, hein ? Ça les amuse.

— Autopsie ?

— M'étonnerait. Le parquet fait des économies. »

Provisoirement, j'en savais assez.

« J'arrive. Comptez tout de même une demi-heure.

— Prenez votre temps, inspecteur. »

Sur cet aveu de patience ou d'oisiveté, le flic local coupa la communication. Cinq minutes plus tard, je montais sur l'autoroute, direction Bruxelles. À l'arrière, le poids du papier mettait à contribution la vaillance des amortisseurs. Mais il ne fallait pas lanterner Swartenbroeckx. J'accélérai. Par chance, la circulation se révéla fluide et, très vite, j'atteignis les abords de la capitale.

6

La patience de Swartenbroeckx ne relevait pas uniquement de la courtoisie professionnelle. L'atelier de Pintens contenait assez de toile et de bois pour démarrer un incendie. Quand je garai la voiture au pied de l'immeuble, il décolla son large dos de la façade et éteignit sur une soucoupe, probablement réquisitionnée au troisième étage, sa cigarette à moitié grillée. Quatre mégots en une demi-heure le classaient dans la catégorie des gros fumeurs. En période de surmenage, Katrien n'en fumait qu'une par jour, accoudée à la balustrade de sa fenêtre. Elle avait toujours eu peur de mettre le feu au drapeau belge, surtout l'été. Ça aurait pu réjouir les Flamands d'en face. On risquait de se méprendre.

« J'ai repris le tabac après la mort de Georges, précisa-t-il en me serrant la main. Il n'aimait pas et ça lui gâtait le flair. »

Le passage de l'uniforme au costume civil trahissait chez lui la demi-mesure, peut-être même le regret, et révélait une conception de la fonction où l'élégance n'entrait pas en ligne de compte. La veste à carreaux marron jurait avec une cravate bleu pétrole pourtant facultative. Par-dessus tout, à l'heure où ses jeunes collègues privilégiaient le style imberbe et la boule à zéro, la moustache blonde datait son apparence mieux que le carbone 14.

Il jeta un coup d'œil amusé à ma voiture.

« Vous déménagez les archives de la PJ ? »

Je parvins à sourire.

« En quelque sorte… »

D'un geste de la main, il m'invita à le suivre.

« J'ai laissé la lettre en haut. »

J'aurais donc droit à une seconde visite. La perspective n'avait rien de séduisant. Avant de pénétrer dans l'immeuble, il récupéra la soucoupe sans pour autant jeter les mégots dans le caniveau. Le carrelage délabré du vestibule n'eut pas tant de chance.

Swartenbroeckx s'encroûtait dans la même tranche d'âge que moi. L'ascension fut donc lente et propice à la causette.

« J'ai entendu que votre copine était devenue commissaire ? »

Je tiquai sur le mot *copine*.

« Ma coéquipière, vous voulez dire ?

— Si vous préférez. »

Fausse alerte. Si les potins vont vite, ils vont rarement loin.

« C'est exact. Mon chef aussi, par la même occasion. »

Swartenbroeckx hocha la tête.

« Ah ? Ça doit faire drôle.

— Pas tant que ça. Au moins, on sait à quoi s'en tenir.

— Pas faux », concéda-t-il.

Nous arrivâmes à destination. Depuis ma visite, le peloton de saints s'était replié sur le palier. Sans doute pour dégager le passage de la civière ou du cercueil en tôle.

« Après vous, dit Swartenbroeckx.

— La voie est libre ?

— Le labo a terminé, vous pouvez y aller. »

Je connaissais le chemin. Swartenbroeckx m'emboîta le pas.

« Il a laissé son mot sur le…

— Le ?

— Le truc en bois qui sert à poser les tableaux.

— Le chevalet ?

— C'est ça. »

À première vue, les flics chargés du constat n'avaient touché à rien. On ne pouvait en dire autant des brancardiers, qui s'étaient frayé un chemin à travers le bric-à-brac. Couchées par terre, quelques toiles portaient les traces de lourdes semelles crantées. Je dilatai mes narines et humai l'atmosphère confinée.

Swartenbroeckx se trompa.

« Pas de gaz, je vous l'ai dit. »

Nous arrivions justement devant le meuble que j'avais pris pour un chauffe-eau. Il avait raison. L'appareil n'était pas raccordé et, vu les boulets d'anthracite qui remplissaient un seau juste à côté, fonctionnait au charbon. Derrière son hublot, la flammèche bleue ne dansait plus.

« À votre avis, qu'est-ce que c'est ? demandai-je.

— Aucune idée », répondit Swartenbroeckx.

(« Et je m'en fous », ajoutait son regard un peu las.)

Avec mon téléphone, je pris un cliché, à tout hasard.

« J'aurais cru que ceci vous intéresserait plus. »

Swartenbroeckx ne m'avait pas attendu. Une lettre à la main, il revenait de l'atelier proprement dit. Avec toutes les précautions d'usage, je pris l'enveloppe entre deux doigts. Elle portait, tracés en belle anglaise, mon nom et ma qualité. Le technicien du labo s'était acquitté du minimum syndical. Saupoudrées d'oxyde de cuivre, trois empreintes digitales souillaient le papier jaune.

« Faites gaffe en l'ouvrant », dit Swartenbroeckx.

Je n'avais sur moi aucun objet tranchant. Quant à trouver un coupe-papier dans ce fatras, il n'y fallait pas songer.

« J'ai laissé mon canif là-bas. C'est moi qui l'ai dépendu. »

Nous allâmes jusqu'au chevalet, d'où la toile d'inspiration maniériste avait disparu. La lampe-tempête était éteinte. D'un doigt, Swartenbroeckx guida mon regard vers les hauteurs. Un long câble électrique pendait d'une solive. Deux fils de cuivre dénudés brillaient à son extrémité. Pour le couper, Swartenbroeckx avait dû remettre sur ses pieds le tabouret réglable du peintre et, imitant ce dernier, grimper dessus.

« Il y a des boulots plus rigolos, remarquai-je.

— Oh, il était encore tout frais. Ce n'est pas toujours comme ça. Mais il a raté deux convocations. Alors on est venu voir… »

Il me tendait son canif. Je glissai la lame sous le rabat.

« Mettez ça, on ne sait jamais. »

Pour un banal suicide, il me sembla qu'il exagérait. J'écartai les gants chirurgicaux, pêchai la paire en cuir qui s'ennuyait dans une poche intérieure de mon blouson, l'enfilai et, ainsi équipé, ouvris l'enveloppe avec soin. Le feuillet qu'elle contenait portait cinq lignes manuscrites, tracées d'une main de calligraphe. Tandis que je me disposais à les lire à haute et intelligible voix, je devinai que Swartenbroeckx se plaçait derrière moi et me brûlait la politesse, déchiffrant le texte par-dessus mon épaule.

Cher inspecteur Dussert,

Puisque vous portez si bien les messages, vous direz à Donato, s'il en doute encore, que l'Art l'emporte toujours sur la force brute. Il éclaire la vie de l'un, aiguise la douleur de l'autre, chacun selon son dû. Le temps est venu pour moi de traverser la toile du tableau. Qu'il reste donc, lui, de l'autre côté. Je lui laisse pour longtemps mon bon souvenir.

M. P.

Swartenbroeckx émit un sifflement qui, en d'autres circonstances, eût pu passer pour admiratif.

«*Awel merci*[13], marmonna-t-il entre ses dents. C'est quoi, ce charabia ? Il n'était pas un peu *djoum-djoum*[14], votre client ? »

Avant de replier le feuillet, puisqu'il ne manquerait pas de me le réclamer pour son dossier, j'en pris une photo.

« Pas client, dis-je. Juste témoin.

— Et ce Donato, si je lis bien… ?

— Celui-là fait effectivement partie de mes abonnés. D'où ma récente visite. Pour tout dire, ils ne s'appréciaient pas beaucoup.

— J'avais compris. Du coup, si jamais le légiste change d'avis sur la cause du décès, votre Donato pourrait nous intéresser.

— Qui sait ? À propos, qu'a-t-il dit, le légiste ? »

Swartenbroeckx haussa les épaules avec résignation.

« Le topo habituel. Circulez, il n'y a rien à voir : un suicide de plus. L'artiste s'est pendu tout seul comme un grand. D'ailleurs il avait de bonnes raisons. Sur une chaise, j'ai trouvé un paquet de factures, toutes de chez Bordet. Ce type avait le crabe, phase terminale à mon avis. Pour le dire poliment, il a juste avancé de quelques mois la date de son départ.

— C'est vrai qu'on voyait presque à travers.

13. Eh bien dites donc !

14. Cinglé.

— En tout cas, il ne pesait pas lourd. Vous pouvez me croire.

— Épargnez-moi les détails.

— Bah… À la locale, c'est du tout-venant.

— Si ça peut vous consoler, on connaît aussi. Et la morgue mieux que vous, ou du moins plus souvent… »

Mieux valait couper court à ce vieux débat. Mais j'ai toujours veillé à ne priver personne de ses illusions.

« Vous m'enverrez les résultats de l'autopsie, s'il y en a une ? Pour votre peine, je vous filerai le pedigree de Donato. »

Nous quittâmes l'atelier. Sur le palier, il verrouilla la porte et, avec application, tirant la langue, posa les scellés. Tandis que nous descendions vers la sortie, Swartenbroeckx tenta de relancer la conversation. Il sortit de sa poche un paquet de clopes.

« Vous aimez la peinture, vous ? »

Le sujet présentait un caractère de vastitude propre à décourager toute tentative de réponse à peu près satisfaisante.

« Assez, oui », hasardai-je.

Avec les lèvres, il extirpa une tige de son paquet.

« Moi, je ne sais pas trop. Tout ça est un peu plat. Mais il y a sûrement de jolies choses… »

Le briquet apparut. Mais il attendait d'être dehors.

« Qu'est-ce qu'ils vont devenir, tous ces tableaux ? »

Une nuance d'inquiétude teintait sa voix.

« Si Pintens n'a aucun héritier, dis-je, tout ira à l'État. »

Swartenbroeckx tordit les lèvres autour de sa cigarette.

« Dommage… S'il avait peint des chiens… »

Cette carence particulière de l'œuvre m'avait échappé. Nous demeurâmes silencieux jusqu'au vestibule.

Les adieux furent moins déchirants qu'à Fontainebleau. On se souhaita bien des succès dans les carrières respectives, on se serra la pince, on promit de se donner des nouvelles, puis on s'éloigna chacun vers sa voiture, la mienne pleine de vieux papier, la sienne probablement chargée de façon licite.

Avec tout ça, mon jour de congé n'était plus qu'un souvenir. Dès lors que, ce soir, Katrien avait prévu de sortir en ville avec quelques vieilles copines auxquelles elle n'avait jamais songé à me présenter – peut-être ignoraient-elles même mon existence –, rien ne m'incitait à rejoindre sur-le-champ mes pénates ou les siens. Je décidai donc de vérifier si l'usine n'avait pas changé de place depuis la veille et, puisque la voiture était correctement garée, pris à pied la direction du commissariat.

Ennemis déclarés des heures supplémentaires, les libraires du rez-de-chaussée avaient fermé boutique avec un peu d'avance. Je contournai le comptoir désert et, d'une traite, gagnai notre bureau du second étage. Vautré sur son siège, ses grands pieds calés sur un tiroir ouvert, Marlaire y officiait seul.

Sans véritable curiosité, il leva les yeux par-dessus le livre qu'il compulsait.

«Je te croyais en congé ? fit-il.

— Et tu n'as pas tort.

— Si tu en as trop, tu peux toujours me les filer. »

Je m'approchai. L'épais ouvrage qu'il feuilletait en léchant à chaque page le bout de son index portait un titre doré sur toile : *Le Statut légal des officiers du cadre de réserve*. Sur sa table traînait un fascicule plus mince mais tout aussi rébarbatif : *Règles d'engagement des militaires belges en opérations à l'étranger*. Je fus presque rassuré. Dès qu'on sortait du judiciaire, Marlaire cantonnait ses lectures à la page des sports de quelques quotidiens populaires.

« Tu potasses ?

— Quand j'ai cinq minutes.

— C'est pour bientôt, l'examen ? Combien d'étoiles ?

— Trois petites contre une grosse ! Major, si tout va bien.

— *The sky is the limit*... La nuit, en tout cas.

— C'est ça, fous-toi de ma gueule.

— Avec mes deux ficelles de caporal, je n'oserais jamais ! »

Au fil d'une longue fréquentation, nous avions fini d'abord par nous supporter, ensuite par nous apprécier dans toute la mesure du possible. Au fond, par certains côtés, une carrière dans la police judiciaire s'apparentait à une version très étirée du service militaire. On y côtoyait pareillement des gens venus d'horizons divers, aux mentalités aussi bigarrées que les intérêts et les motivations. Se couler dans le moule revenait alors à pratiquer une tolérance plus ou moins éclairée envers des congénères dont la vie de tous les jours, immanquablement, nous eût éloignés.

Mon arrivée inopinée avait interrompu ses méditations extraprofessionnelles. Il ne m'en tenait pas rigueur. Avec un soupir, le grand échalas ôta ses pieds du tiroir, pivota sur son siège, allongea le bras et me tendit une liasse de feuillets.

« Pour toi… Enfin, on dirait bien. Tu t'es encore gouré d'imprimante. Ferraoui a trouvé ça hier soir sur celle du premier. »

Je reconnus un extrait des attendus du procès Pintens. Décidément, même à l'état de fantôme, ce type ne me lâchait plus.

« Merci. C'est bien pour moi.

— Nouvelle affaire ?

— Ancienne, plutôt. Éteinte, même. »

Marlaire rangeait ses ouvrages spécialisés et, si j'en croyais la fenêtre qui s'ouvrait sur son écran, revenait à des matières plus en rapport avec ses compétences ordinaires. Sa remarque sur les imprimantes me rappela les photos prises tout à l'heure chez Maxime Pintens. Je raccordai mon téléphone à l'ordinateur et cherchai le logiciel d'impression. Cette fois, je veillai à sélectionner la bonne machine, histoire d'éviter les questions inutiles et une navette tout aussi superflue entre les étages.

Tandis que l'imprimante crachait les copies, je jetai un coup d'œil aux attendus. Ils reproduisaient, entre autres annexes, la liste des témoins appelés à la barre du tribunal.

Je faillis avaler ma salive de travers. Les sortilèges de la journée continuaient. Mais cette fois, les ramifications complexes de l'affaire Pintens touchaient à mon propre passé.

Car l'un des témoins de moralité au procès, cité par la défense de l'artiste, m'était connu. Je dus relire le nom…

Aline Durufle, 43 ans, restauratrice d'œuvres d'art, cadre moyen à l'Institut royal du patrimoine artistique, département peinture.

Heureusement, j'étais assis.

Aline. Depuis combien de temps nous étions-nous perdus de vue, après une rupture plutôt mélancolique, sans invective ni fâcherie, sur la constatation douce-amère que, chacun, nous nous étions servi de l'autre pour tenter d'oublier nos déboires respectifs ? Nous n'avions pas été à la mesure de notre rêve et avions trop longtemps refusé de le reconnaître. Depuis lors, un paquet d'années s'étaient enfuies. À l'époque, sans le soupçonner clairement, peut-être éprouvais-je déjà pour Katrien les sentiments qui, peu à peu, prendraient un caractère d'évidence et finiraient par nous rapprocher. J'en avais conçu, a posteriori, des doutes déplaisants quant à mon honnêteté du moment. Mais il y avait prescription. Et si un degré de mauvaise conscience continuait à me tarauder, c'était surtout parce qu'à l'évocation de ce prénom remontait à ma mémoire le profil de deux jambes fuselées, parfaites, qui avaient su me réjouir la vue et le toucher.

Donc, la femme qui avait précédé Katrien dans ma peu peuplée vie sentimentale s'était trouvée mêlée, d'une manière ou d'une autre, aux tribulations judiciaires de feu Maxime Pintens. Vu leurs domaines d'activité connexes, il n'y avait là rien de renversant. Cette proximité méritait néanmoins un éclaircissement. Elle justifiait même, de ma part, un effort extraordinaire.

Au pire, cette coïncidence me fournissait un motif acceptable pour reprendre contact, fût-ce sous prétexte d'annoncer le décès de l'intéressé. Mais entre-temps, Aline avait fort bien pu déménager. Par contre, elle n'avait sûrement pas renoncé à exercer son métier qui, en outre, lui conférait, à elle aussi, le statut envié de fonctionnaire. Les dates du procès plaidaient en ce sens. Je pouvais tenter de la joindre à l'Institut. Si jamais elle n'y travaillait plus, on pourrait toujours m'y renseigner.

L'horloge murale me donnait son consentement. Mon ancienne flamme était une fourmi infiltrée parmi les cigales et ne comptait pas ses heures. Aussi décidai-je de prendre mes scrupules de vitesse. J'en aurais le cœur net.

En attendant, le bougre battait avec une violence presque désagréable. Je soulevai le combiné de la ligne fixe et m'aperçus que je connaissais encore le numéro général de l'Institut.

Quand je donnai les nom et prénom de mon ex-amie, la réceptionniste de service ne fit aucun commentaire et, sur une formule passe-partout, transféra l'appel. J'avais compté sur un minimum d'attente qui m'eût permis de concocter une excuse.

On décrocha tout de suite.

« Allô ? Aline Durufle à l'appareil… »

J'avais soudain perdu la voix. Par contre, je reconnaissais parfaitement la sienne, aussi soyeuse que ses mollets.

« Allô ? Je vous écoute… ? »

Si je tardais plus longtemps, elle allait raccrocher.

« Bonsoir, Aline… C'est Barthélemy… »

Entrée en matière parfaitement balourde. Mais dans ce genre de situation, la rareté surannée de mon prénom à quatre syllabes faisait des merveilles. Il marquait les mémoires davantage que ma personne, éternellement encline à jalouser les papiers peints. À l'autre bout de la ligne, il y eut un blanc. Je me souvins alors du bureau d'Aline. J'avais tant aimé lui rendre visite. La pièce donnait sur la cour intérieure du musée de l'Armée.

« Toi ? »

Aucune trace d'hostilité. Je respirai.

« Moi. »

Nouveau silence. Il me sembla percevoir une rumeur feutrée de circulation urbaine. Avait-elle déménagé entre les murs du bâtiment ? Sans doute sa carrière l'avait-elle menée à d'autres responsabilités. Si la mienne avait stagné, la sienne avait dû évoluer.

« Ça alors… Ça fait longtemps ! »

Le ton aimable, presque enjoué, acheva de me rassurer.

« On peut dire ça, en effet. »

Dans sa voix comme dans la mienne perçait un réel soulagement. Le plus dur était fait. La suite de la conversation nous vit aligner, de manière très classique, toutes les questions relatives à un passé qui n'avait pu se partager, et louvoyer autour de celles, plus personnelles, qui eussent pu blesser. Ce prudent tour d'horizon s'acheva sur le constat qu'au bout du compte, nos trajectoires n'avaient guère dévié. Trajectoires professionnelles, s'entendait. Car l'autre versant de nos vies, aucun de nous ne tenait vraiment à le connaître. Encore moins au téléphone.

« Je suppose que tu m'appelles dans un but précis ? »

Aline avait senti que notre aimable causette menaçait de se tarir. Je retrouvais là son esprit pratique, prompt à deviner les enjeux. Elle avait compris notre échec bien avant moi.

« Tout juste. Ça concerne une affaire où ton nom apparaît.

— L'histoire repasse les plats ! Je ne dois pas te rappeler comment on s'est rencontrés, la première fois… »

Je n'y avais pas pensé. Aline avait raison. J'avais fait sa connaissance à la faveur d'une enquête, celle-là même qui m'avait valu d'affronter Ruggero Donato. Entre nous, la colle n'avait pas pris tout de suite. En ces matières, je suis un lent.

« D'après ce que je sais, tu as témoigné au procès Pintens.

— Pintens ? Attends un peu… Ah oui, je me souviens !

— Tu pourrais m'en dire plus ?

— Oh, ce n'était pas grand-chose. La défense voulait un genre de portrait moral, et comme il avait travaillé pour le service… J'ai décrit la frontière un peu floue qui pouvait exister entre copie et restauration, histoire de ne pas trop charger sa barque. Pour le reste, ses malversations étaient établies et là-dessus, je n'avais strictement rien à ajouter. J'avais juste un gros doute sur ses mobiles. L'enquête n'avait fait que les effleurer et… »

Aline s'interrompit. Des bruits sourds retentirent dans l'écouteur. Elle avait dû déposer le combiné.

« Allô ? dis-je. Tu es toujours là ? »

À l'Institut, un tiroir métallique claqua.

« Oui, oui… Une seconde… »

Un instant lointaine, sa voix revint au premier plan.

« Voilà… J'ai retrouvé la liste !

— La liste ? Quelle liste ?

— Celle des missions de restauration que Maxime Pintens a effectuées pour le compte de l'Institut.

— Ça remonte à quand ?

— Les derniers travaux, il les a faits pendant ses congés pénitentiaires, dans le cadre d'un programme de réinsertion. Juste après sa libération aussi. Je n'ai pas suivi le dossier, un collègue s'en est chargé. Il a rendu des rapports très favorables.

Rien de surprenant, car dans sa branche, Pintens est vraiment doué…

— *Était.*

— Ah ? Tu veux dire qu'il est… ?

— Mort, oui… »

À l'autre bout de la ligne, la nouvelle eut son petit effet. Du moins fut-ce l'impression que je retirai du soudain mutisme d'Aline. Avec le temps, elle avait dû oublier que le métier faisait souvent de moi un porteur de mauvaises nouvelles.

« Ce matin, précisai-je. Mais c'est une pure coïncidence. »

Pintens avait eu droit à sa minute de silence. Aussi Aline ne tarda-t-elle pas à renouer le fil de la conversation.

« Alors, ma liste, elle t'intéresse ?

— Ça se pourrait.

— Si tu veux, je te l'envoie.

— Je n'osais pas te le demander.

— Le temps de scanner les pages, et je fais le nécessaire. Tu as une adresse électronique ? »

Quand nous nous étions connus, la majorité des communications de terrain passaient encore par voie radio et des bipeurs nous tenaient lieu de téléphones portables. *Tempus fugit.* Avant de raccrocher chacun de son côté, nous échangeâmes une ultime salve d'amabilités dont l'innocence sonnait un peu faux.

Voilà, c'était réglé. Satisfait autant que soulagé, je reculai mon siège et m'étirai. Marlaire me considérait d'un œil goguenard.

« Madame est au courant ? » dit-il.

Ma tête d'ahuri devait valoir son pesant de cacahuètes.

« T'inquiète, je sais me taire ! » s'esclaffa-t-il.

De livide, je sentis mon visage passer à l'écarlate.

« Je ne vois pas ce que tu veux dire… » bafouillai-je.

Un sourire béat éclaira la face de mon collègue.

« Tiens donc ? Ne me prends pas pour un con, Dussert, et je te rendrai la politesse. »

Je connaissais son humour de corps de garde, mais là, les repères me faisaient défaut. La parole aussi.

« On sait bien que tu te tapes le Petit Blaireau ! »

Le verbe me désolait. J'ouvris la bouche pour protester. Mais aussitôt, la vanité de toute réfutation me sauta aux yeux.

« Tout le monte est au courant. Sauf vous, on dirait ! »

Le clavier de son ordinateur cliquetait. Je remarquai qu'il avait chaussé ses demi-lunettes, première concession à l'âge mûr d'un homme encore athlétique, attentif à son apparence et au succès qu'elle lui valait toujours auprès de nombreuses femmes.

« Ça se voit tant que ça ? »

J'avais retrouvé la parole. Marlaire rajusta ses besicles, qui glissaient lentement le long de son grand nez, me dévisagea.

« Pas que ça se voie, non. Surtout chez Madame Je-ne-souris-jamais-sauf-quand-je-suis-distraite. Disons que ça se déduit, plutôt. Rappelle-toi qu'on est des flics, Dussert. Si le Petit Blaireau a rempilé, il y avait une raison. Monter en grade, pour elle, c'était tout sauf une obsession, ou je me trompe ? Alors quand ta dém' est tombée entre deux tiroirs… Et rassure-toi, c'est le bon plan : personne ici n'essaiera de te la piquer. Surtout pas moi…

— Ah bon ? »

Aucun éclaircissement n'était souhaité, mais Marlaire tenait à conclure son implacable démonstration :

« Je ne prétends pas qu'elle soit moche. À la rigueur, je peux même reconnaître que, dans son style, elle a du chien. Simplement, les modèles réduits, ce n'est pas mon truc. J'ai passé l'âge. »

Et il se remit à maltraiter les touches de son clavier.

L'oracle de l'Ardenne avait parlé.

Je me sentais passablement stupide.

Aussi décidai-je que je n'avais plus rien à faire ici.

Pour m'éviter d'inutiles ruminations, il me restait à résoudre au mieux un problème de vieux papier.

7

Pour sa copie à distance, sans confrontation possible avec le tableau original, mon père s'était plutôt bien tiré d'affaire. J'en concevais une fierté renouvelée. Certes, la superposition des deux toiles eût révélé l'un ou l'autre écart d'échelle et, surtout, des glissements chromatiques dans lesquels la lumière tamisée du sanctuaire jouait sans doute un rôle. Pourtant, la réplique ne faisait pas offense au modèle que je découvrais enfin. Le dynamisme de la composition était respecté, de même que la vérité des personnages. Placé à droite du chœur, annulant presque l'exubérant écrin d'un autel baroque à colonnettes et angelots, le *Saint Martin partageant son manteau* d'Antoine Van Dyck rayonnait telle une hostie dans sa monstrance.

Tout de suite, malgré le rugissement répété des long-courriers au décollage sur les pistes de l'aéroport voisin, l'émotion m'avait saisi. Pourquoi n'étais-je venu ici que maintenant ? À présent que mon père avait disparu, il me semblait renouer avec lui à travers l'absence, par le truchement d'une œuvre dont lui-même n'avait pu s'approcher autrement qu'en tâchant de la recréer.

Le nez en l'air, au risque de buter contre un pied de chaise, j'étais allé me planter devant l'autel latéral. Entrée sur mes talons, Katrien m'avait laissé un instant pour consulter la borne d'information mise à la disposition des visiteurs. En quelques mots chuchotés malgré l'endroit désert, elle m'avait appris qu'en route vers l'Italie pour le compte de son maître Rubens, Van Dyck avait fait une halte galante dans le petit bourg brabançon de Zaventem. Rappelé à l'ordre par son patron, il y avait laissé, à peine sec, le *Saint Martin* qui trônait depuis lors dans l'église dédiée à l'apôtre des Gaules. À Londres, contrairement à ce que j'avais supposé, la collection royale n'exposait qu'une version remaniée, tardive et presque mièvre de la même scène, dont on retrouvait en outre une copie anonyme dans l'église de Ludgate.

À y regarder de plus près – malgré l'accrochage en hauteur –, quelques probables divergences jetaient cependant le trouble dans ma mémoire. Elles concernaient le visage du saint, auquel mon père avait peut-être donné une bouille trop poupine d'ange à la Memling. Chez lui, la palette de couleurs tirait aussi davantage vers le bitumineux. Par contre, la main gauche du premier mendiant, que j'avais toujours crue un peu ratée, reproduisait en fait un bâclage de Van Dyck, sans doute impatient de reprendre sa liberté et sa route vers les aimables cieux romains.

D'un geste discret, Katrien consulta sa montre. Nous revenions de l'aéroport, où un devoir d'enquête étiqueté « sensible » avait requis la présence d'une fonctionnaire de rang supérieur. J'avais joué le rôle du flic bavard, comme au temps où nous travaillions en duo. Je posais les questions, tandis que Katrien appuyait de ses silences, rompus çà et là d'une sentence lapidaire et décisive, le démontage de réponses trop évidemment préparées.

Aussitôt la corvée expédiée, j'avais suggéré ce minuscule détour par la petite église Saint-Martin. Depuis le départ à la casse de sa vieille Renault, avec les élastiques qui la tenaient en un seul morceau, Katrien préférait laisser le volant à ses inspecteurs. Quand mon tour venait, elle se plaisait à dire qu'ainsi, elle était au moins sûre que j'aurais les mains occupées. Ce en quoi elle n'avait pas tort. Pourtant, en raison de sa promotion, les occasions de tels tête-à-tête se faisaient moins nombreuses.

Et puis, j'ai toujours su me tenir.

En vertu de l'axiome selon lequel aucun document judiciaire ne devait jamais traîner sans surveillance à l'intérieur d'un véhicule, elle avait emporté l'imposant dossier dans l'église. Afin de ne pas déroger à cette règle non écrite, j'y avais glissé la liste d'Aline. Quand nous sortîmes du sanctuaire, le soleil matinal jouait parmi les feuillages.

La voiture était garée derrière l'abside, sous les érables frémissants de la place. La flèche du clocher semblait faire un doigt d'honneur aux avions qui amorçaient leur virage vers les pistes. Tandis qu'elle s'asseyait en tirant sur sa jupe – jugée plus appropriée que le pantalon pour une incursion dans les hautes sphères de l'économie des transports –, Katrien se gratta les genoux. Certains collants, prétendait-elle, lui filaient des démangeaisons. Je pouvais en dire autant, car sur ses jolies gambettes, le moiré de celui-ci s'avérait du plus séduisant effet.

Pour rejoindre le bureau, je commis l'erreur d'emprunter le Ring. D'habitude fréquentable après l'heure de pointe, le périphérique bruxellois était engorgé. Le trafic avançait au pas. Pour comble de malchance, nous étions coincés derrière un poids lourd letton qui fumait comme une cheminée de paquebot.

Soudain diserte, ma commissaire lâcha une observation :

« Pas étonnant, s'il se fichait des menaces de Donato… »

Entre autres aptitudes policières, Katrien s'était toujours signalée par une ahurissante maîtrise des affaires qui s'accumulaient dans le service. Malgré un physique évoquant davantage la souris, on l'eût volontiers créditée d'une mémoire d'éléphant. Elle avait retiré du dossier – où il n'avait rien à faire – le document envoyé par Aline et en parcourait le contenu en diagonale.

« Oui, répondis-je. Il avait déjà pris sa décision. Et franchement, le bonhomme avait l'air d'un cadavre ambulant. »

Elle hocha la tête.

« On s'en sort, parfois. »

Son frère avait vaincu le cancer. Elle ne s'attarda pas sur le sujet. Un feuillet particulier sembla retenir son intérêt.

« Tiens ? » fit-elle.

Devant, ça redémarrait. Je passai la première et coupai l'aération, car le poids lourd crachait une suie presque compacte.

« Quoi ? »

Katrien plissa les paupières. Elle devenait myope, mais retardait le moment de recourir aux verres correcteurs.

« Pintens a travaillé tout près de chez nous. »

Chez nous. Le syntagme me tira une discrète grimace.

« Ah oui ? Où ça ?

— Notre-Dame du Finistère.

— Près de chez lui aussi, alors. Il y a travaillé sur quoi ? »

Elle fronça le nez, approcha encore le document.

« Un *Saint Laurent*.

— Jamais vu. De quel peintre ?

— Évariste *Wat-z'n-naam-ook-is*[15]...

— Son chouchou... C'est peut-être un faux », ricanai-je.

La sanction de l'Institut, tombée bien après l'affaire, excluait a priori une telle fraude. Par curiosité, je me promis d'aller jeter un coup d'œil à cette toile. Au moins, je ne mourrais pas idiot et pourrais

15. Machinchouette.

me targuer d'avoir contemplé, une fois dans ma vie, une œuvre d'Évariste van de Meulebroeck. Si elle était bien de lui.

Katrien partageait mon soupçon.

« D'après ton experte, le tableau est authentique… »

Plié en deux, le document échoua sur le tableau de bord. Un silence familier retomba entre nous.

Par extraordinaire, ce fut à nouveau Katrien qui le brisa.

« Tu la vois encore ? »

Le ton neutre eût abusé tout autre que moi. Je lui jetai un regard en biais. Son visage demeurait impénétrable.

« Qui ça ? » dis-je.

Sa nuque pesa contre l'appui-tête. Elle fixait le pare-brise. Son regard n'allait pas au-delà.

« Aline Durufle », précisa-t-elle, fort inutilement.

Mon propre trouble m'exaspéra.

« Pourquoi me demandes-tu ça ? »

J'avais réagi trop vite, avec une vigueur que je regrettais déjà. Vraiment, cette histoire déjà ancienne ne méritait pas qu'on s'y attardât. À l'époque, je n'avais trahi personne, sinon peut-être l'idée avantageuse que je m'étais faite de moi-même.

J'en eus soudain assez du mazout letton. D'un coup de volant brusque, je déboîtai et forçai l'automobiliste de gauche à piler sur place. Un coup de klaxon rageur salua la manœuvre.

Katrien ramena le dossier sur ses genoux.

« Pour rien… Oublie ça… »

Le calme revenait. Une touche de mauvaise conscience aussi.

« C'est loin… » murmurai-je.

Dans le reflet du rétroviseur, je surpris son demi-sourire.

« Je sais… » fit-elle.

Elle baissa les yeux, passa ses ongles en revue, toujours courts à cause du piano – sans oublier le maniement du pistolet.

« Pour elle et toi… »

Je retins mon souffle.

« J'ai toujours su. »

Je serais éternellement, semblait-il, le dernier informé. C'était à se demander si j'avais choisi le bon métier.

Il me fallut un moment pour digérer cet aveu. À quelques années de distance, il m'amenait soudain à reconsidérer nos sentiments d'alors, que j'avais toujours voulu croire amicaux. Tant d'obstination avait d'ailleurs fini par me paraître parfois suspecte.

Je devais donc, en partie, récrire ma propre histoire. Ou accepter enfin de la regarder sans œillères par trop commodes.

Une main frôla mon avant-bras. Mon regard tomba sur les longs doigts de Katrien. Ses yeux gris m'évitaient.

Les blaireaux sont réputés furtifs et circonspects. Elle n'avait pas volé son sobriquet. Pour toute réponse, ma main droite laissa le pommeau du levier de vitesse et caressa son genou gauche.

Ce contact me procurait toujours la même émotion.

« Hé là, inspecteur ! *Niet profiteren*[16], hein ! »

Elle ne fit pourtant rien pour me décourager. Mais je l'ai déjà dit : j'ai toujours su me tenir. Et je sais qu'elle le sait.

J'aimais le rire de Katrien, précieux à force de rareté.

La maison de mon enfance, je lui en parlerais bientôt.

Dans la poche de mon blouson, le portable grelotta.

Tandis que Katrien retendait le tissu de sa jupe, je branchai le dispositif mains-libres.

« Allô ? Dussert à l'appareil.

— Salut Dussert, c'est Pardoen. Je te dérange ? »

Un peu, tout de même.

« Non, vas-y, on est sur le Ring et ça coince.

— Je n'en ai pas pour longtemps. C'est juste un détail, mais il peut t'intéresser. La photo que tu as tirée hier… »

Il me fallut deux secondes pour comprendre.

« Ah oui, flûte ! J'ai oublié de la récupérer. Ça devient une habitude. Il y en a deux. Tu les as trouvées sur l'imprimante ?

— Surtout, je ne voudrais pas me mêler…

— On travaille en équipe, non ?

---

16. N'en profite pas.

— D'accord… Alors voilà, sur ta photo, enfin une des deux, on voit un genre de four. C'est bien ça, hein ?

— Oui.

— Et tu sais ce que c'est, en réalité ?

— Non. J'ai d'abord cru qu'il s'agissait d'un chauffe-eau. »

L'ancien gendarme eut un petit rire indulgent.

« Pas exactement… Quand je m'emmerdais à la BSR, on était chargés de surveiller une ribambelle de zozos réputés dangereux, de constituer des dossiers sur eux, etc. La plupart du temps pour les couilles du pape, cela dit, mais passons… Dans le tas, outre deux ou trois clients potentiels, quand même, on trouvait de tout : libertaires, anarchistes, néonazis, satanistes et autres illuminés…

— Mais encore ?

— J'y viens… Ton truc sur la photo, on en a saisi un tout pareil chez des rombiers à moitié débiles, soupçonnés de sévices rituels. Inutile de préciser que le soufflé est retombé vite fait…

— Vas-y, lâche le morceau.

— Tu vas rire, mais c'est sérieux. Enfin, quand je dis sérieux…

— Accouche ! »

Il ménagea un ultime suspens. Puis fit son annonce :

« C'est un *athanor*. »

Ma déception fut à la mesure de mon attente : minime.

« Un ata-quoi ?

— Un athanor.

— Connais pas.

— Plus simplement dit, un four d'alchimiste. »

J'en demeurai muet. Il poussait la blague un peu loin. Celle-là était d'ailleurs en plomb, et aucun four ne la changerait en or.

« C'est de l'humour pandore ? »

Le haut-parleur diffusa dans l'habitacle un sifflement las.

« Tu en fais ce que tu veux, Dussert. Je dis ce que je sais. Moi, c'était juste pour aider. Alors à toi de voir. Salut ! »

Et il raccrocha, plutôt sèchement.

À part moi, j'espérai ne pas l'avoir vexé.

« C'était qui ? » demanda Katrien, qui n'avait pas écouté.

Elle vérifiait sa coiffure dans le miroir de courtoisie du pare-soleil. Je vis qu'elle finissait de rattacher ses cheveux. Comme ils étaient plutôt courts, j'admirais chaque fois la performance.

« Pardoen », répondis-je.

Elle s'ébroua, secoua son petit blaireau blond.

« Plutôt bon, pour un gendarme. »

Sa réserve à potins épuisée, Katrien croisa les jambes, mais les couvrit aussitôt avec un pan de son duffel-coat. J'aurais pu déplorer pareille contradiction, si un autre souci, beaucoup moins plaisant et concret, ne m'avait préoccupé. La mauvaise humeur supposée de Pardoen – j'ai toujours eu horreur des bisbilles évitables, surtout lorsqu'elles risquent de pourrir mon quotidien – n'y entrait pour rien. Non, la subite gêne que j'éprouvais provenait d'un élément négligé, d'une parole entendue à laquelle j'avais sans doute refusé l'intérêt qu'elle méritait. Et bien sûr, j'étais incapable de mettre le doigt sur la source de mon agacement. Le soupçon d'une inadvertance de ma part, excusable mais malvenue, me tarabustait, un peu comme lorsqu'on tourne les pages d'un dictionnaire pour s'apercevoir bientôt qu'à force de butiner au hasard d'autres définitions, on a oublié le mot précis qu'on y avait d'abord cherché.

Une fois encore, Katrien consulta sa montre. En moyenne, la voiture avançait moins vite que la trotteuse.

« À quelle heure, ta réunion ? »

Seul un soupir me répondit.

« Si tu veux, je colle le gyrophare sur le toit, je lance la sirène et on emprunte la bande d'arrêt d'urgence… »

Un des menus privilèges du métier. Elle secoua la tête.

« Non. On risque de bloquer une ambulance. »

Le duffel-coat avait glissé sans qu'elle s'en aperçût. Je n'ai jamais vu la cuisse d'une nymphe et d'ailleurs, pour leur désavantage à mes yeux, ces charmants esprits de la nature ne portent probablement pas de collants noirs, mais j'étais certain de perdre au change si l'occasion se présentait. Marlaire pouvait en penser ce qu'il voulait. Mon blaireau n'avait qu'à paraître, dans quelque tenue que ce fût, et toutes les bimbos du monde, de la grande perche au petit bouchon, pouvaient aller faire la queue au vestiaire avec ma bénédiction.

Pourtant, loin d'en profiter, je phosphorais toujours sans le moindre bénéfice. L'origine de mon tracas persistait à se dérober. J'allais abandonner mes réflexions décousues quand une association d'idées se fraya un passage jusqu'à ma conscience. Il n'en fallait pas davantage, le signal venait d'être donné. À mesure que passaient les secondes, une procession d'arguments se mettait en branle et, à pas comptés, avançait dans un champ soudain foisonnant de possibles plus ou moins fondés.

« Katrien ? »

Distraite, elle observait le paysage atone.

« Hm ?

— On pousserait une pointe jusque Notre-Dame ? »

J'arriverais toujours à la surprendre. Ma commissaire décroisa les jambes, se dressa sur son siège et fronça les sourcils.

« Notre-Dame du Finistère ?

— Précisément. »

Ses ongles se mirent à tapoter le carton épais du dossier. Ce n'était pas du Chopin, plutôt du Prokofiev.

« On n'est pas payés pour faire du tourisme ! »

Je ne me laissai pas démonter.

« C'est à côté de la boîte. Juste une idée... »

Je n'irais pas jusqu'à la supplier, elle le savait.

Ses épaules tombèrent, elle renifla, me regarda droit dans les yeux. Sur sa pommette droite, la cicatrice se creusa.

« On n'est pas en avance, là… »

J'avais gain de cause, je le savais.

Elle grommela quelques mots flamands que je ne compris pas puis, vérifiant le bouclage correct de sa ceinture, croisa les bras.

« Sors le feu bleu, envoie la sirène et roule ! »

Pourtant, je voyais bien qu'elle souriait. Un peu jaune, certes.

Trente-cinq minutes plus tard, après trois tours de pâté infructueux, je parvins à garer la voiture dans la rue du Persil. Au pas de gymnastique – ou presque, car Katrien possédait un compas restreint et les hauts talons du jour n'arrangeaient rien, sans compter qu'elle serrait toujours le dossier contre sa poitrine –, nous arrivâmes en vue de l'église. Le campanile lâcha dans le ciel une volée de notes aussi limpides que lui. Mon tropisme douglassien se réveilla. Sans que le poète eût rien demandé, je lui refilai le crachoir. Heureusement pour moi, il avait du bagout :

« *Bells in the town alight with spring*
Converse, with a concordance of new airs[17]… »

---

17. Dans la ville, les cloches lumineuses de printemps / Bavardent en un concert de nouveaux airs.

On n'était pas à Oxford. Je devenais un citeur abusif.

Quiconque ne la connaissait pas aurait pu croire que Katrien boudait. Si jamais elle se tordait une cheville en trottinant derrière moi, cela risquait d'arriver. Aussi jugeai-je galant de ralentir.

« Je préfère quand tu dis du Owen », souffla-t-elle.

Un nouveau coup d'œil à sa montre confirma que mon amie ne perdait pas de vue sa réunion, et un subséquent lever de sourcils trahit la certitude qu'elle allait la rater. Notre marche précipitée avait bouleversé sa mise. Le pan droit de son duffel-coat accrochait la gaine de son pistolet. Dans un passage aussi commerçant que la rue Neuve, pareille exhibition faisait mauvais genre mais, avec les deux mains prises, impossible de corriger cette inconvenance. Katrien haussa les épaules et me fit signe d'avancer.

Pour un jour de semaine ordinaire, le flot des chalands était à l'étiage. À l'ombre du grand magasin qui lui faisait face et l'écrasait de sa masse sans grâce, Notre-Dame du Finistère, qui n'avait rien de breton mais dont le flamand, l'espagnol et le latin se disputaient l'obscure étymologie, dressait sa façade composite où le baroque tirait la bourre au néoclassique.

Le portail était ouvert. Sans transition, je laissai l'atmosphère animée de la grande ville et plongeai dans un univers clos, feutré, où s'amortissaient les sons extérieurs et régnait une qualité de silence reconnaissable entre toutes. Sur son canevas uniforme, les rares présences brodaient des motifs connus. Les pas résonnaient, les vieux gonds gémissaient, les toux s'émiettaient entre les chaises vides. Au fond du chœur, le maître-autel découpait ses ornements contre une vaporeuse coquille de lumière orangée, dont l'aura sculptait les rinceaux et les guirlandes de la nef.

Tout de suite, l'accumulation des tableaux exposés, accrochés un peu partout, me désorienta. Où trouver, parmi cette abondance, celui qui m'intéressait ? Nombre d'entre eux composaient les stations d'un majestueux chemin de croix. Derrière mon dos, les gonds déjà entendus émirent la même plainte. Je me retournai. Katrien venait de poser le dossier sur un banc et se rajustait.

Sa mémoire nous ferait gagner du temps.

« Trientje ! Le *Saint Laurent* ? Tu sais où il… ? »

Avant que j'aie pu terminer, elle se dirigea vers la droite.

« La chapelle latérale… »

D'une église à l'autre, nous chuchotions. Sans vraie nécessité, car personne ne nous prêtait attention. Selon qu'ils arboraient ou non un sac d'emplettes marqué au logo d'une chaîne de prêt-à-porter, les rares visiteurs se divisaient entre fidèles authentiques et victimes de la mode aux pieds fatigués par excès de shopping.

Pressée d'en finir, Katrien prenait la tête de l'opération. D'un pas volontaire – sûrement trop bruyant à son goût –, elle mit le cap sur une porte qui donnait accès au bas-côté du sanctuaire.

Il n'y eut aucune surprise. Par effet d'alignement, l'embrasure encadrait une toile de grande dimension. C'était la bonne. Bâtie tout en longueur, ajout tardif aux trois nefs originales, la chapelle dans laquelle nous pénétrions se signalait par une absence quasi totale de décoration. Le contraste avec le corps principal de l'église n'en paraissait que plus violent. Au fond, vers la gauche, trônait une madone à l'enfant. Par un autre type de contraste, les murs nus, couverts d'un enduit blanc, faisaient ressortir l'unique tableau accroché là, où le noir et le marron se taillaient la part du lion. Le seul point vraiment lumineux de la scène représentée semblait peiner à percer un monde de ténèbres.

Pour l'époque, Évariste van de Meulebroeck avait conçu une composition audacieuse et plutôt inattendue, qui faisait la part belle à un étonnant jeu de perspective. Occupant toute la moitié gauche de la toile, deux reîtres cuirassés et casqués montaient la garde à l'entrée d'un passage obscur, encombré de silhouettes vues à contre-jour. Finement damasquiné, le métal des armures s'éclaboussait d'une lueur roussâtre, venue de l'angle inférieur droit où s'agitaient trois personnages amenuisés par la distance qui les séparait du spectateur. Un brasier creusait les traits de leurs visages. En opposition à cette clarté, le coin supérieur s'enfonçait dans une pénombre architecturée où la lumière du feu ne parvenait pas et dont, avec plus d'un siècle d'avance, la profusion suggérée de voûtes enfumées, d'escaliers tournants et de chaînes pendantes annonçait les œuvres de Piranèse.

Nous nous tenions tous deux face à la toile, fascinés.

Par la virtuosité créatrice de l'artiste, sûrement.

Mais pas que.

Les trois personnages baignés de lumière laissaient indifférents les deux reîtres, qui devisaient d'un air blasé. Le spectateur ne pouvait partager leur désintérêt. Le peintre non plus, qui avait placé ces protagonistes essentiels au point de fuite exact de sa perspective, faisant d'eux le centre désaxé du tableau sans pour autant compromettre le moins du monde son équilibre d'ensemble. Le trio magnétisait mon regard et, j'en étais sûr, celui de ma compagne. Affairés autour du gril chauffé au rouge, les deux tortionnaires de service affichaient le sérieux dénué de cruauté qu'on pouvait attendre d'artisans compétents, maîtres d'un savoir-faire sans doute un peu particulier.

Par contre, étranger à tout hiératisme – pour l'occasion, le peintre lui avait même confisqué l'auréole –, à jamais englué dans le silence fallacieux d'une toile, saint Laurent hurlait à pleine gorge sa douleur d'être couché là, sur le treillis ardent, le corps tordu dans une pose outrée où muscles et tendons saillaient sous la peau livide. Bien davantage que la foi, sa face ravagée, aux yeux exorbités, criait son incompréhension et sa détresse.

Elle m'était connue.

Issue de la rue par le portail ouvert, une légère odeur de viande braisée flottait dans l'air confiné du sanctuaire, se mêlait aux parfums lourds de cire, de plâtre humide et de bois verni. J'avais la gorge sèche. Malgré le vent coulis qui faisait trembler la flamme des cierges, je transpirais.

« Tu le reconnais ? » murmurai-je enfin.

Katrien opina lentement. Son regard étincelait.

« *En of*[18] *!* »

Elle ne pouvait l'avoir oublié. Quelques années auparavant, par une nuit d'avril, elle avait ouvert sur saint Laurent un autre genre de feu que celui sur lequel il rôtissait tout vif.

Lui ou son frère jumeau.

Car le saint martyr avait la tête de Donato.

---

18. Et comment !

8

Le lendemain matin, avant de monter au commissariat, profitant de l'absence des libraires, j'avais cherché au rayon architecture certain ouvrage éternellement invendu en raison de son prix élevé et de son aride présentation. J'y avais glané, entre autres informations inutiles, le fait que la chapelle latérale de l'église se plaçait sous le patronage d'une madone concurrente, bizarrement nommée Notre-Dame du Bon-Succès. Peut-être cet avatar de la Sainte Vierge trouvait-il son public, en période d'examens, parmi les étudiants inquiets des facultés toutes proches. Quant au *Martyre de saint Laurent*, les rédacteurs y faisaient allusion de façon très succincte, mentionnant un legs privé intervenu en 1970, après l'incendie qui avait ravagé le dôme et le campanile.

Vers midi moins vingt, conformément au rendez-vous fixé la veille, nous nous étions retrouvés à trois dans la chapelle. Le délégué de la fabrique d'église, un antique binoclard à dégaine et costard de proviseur, peinait à cacher les signes d'une impatience agacée. L'énoncé du grade de mon amie et sa mine sévère avaient eu l'air de l'impressionner un instant, mais mon instinct me susurrait que cela ne durerait pas. Pour ma part, loin de m'en plaindre, je m'interrogeais sur la véritable raison de sa présence à mes côtés, surtout qu'afin de pouvoir m'accompagner, elle avait dû mentir au procureur et déléguer Marlaire au palais de justice. Une pointe d'orgueil mal placé m'amenait toutefois à suspecter chez elle une motivation difficilement avouable – celle-là même qui, en infraction à certain article de son règlement personnel, l'avait peut-être décidée à porter, deux jours de suite, la jupe plutôt que le pantalon. Les souliers plats donnaient mal le change. Aline Durufle était en retard.

Curieux mais dubitatif, je me demandais si, sous son masque de sphinx, Katrien pouvait se montrer jalouse. Pour moi, c'eût été une nouveauté. De mon côté, sans oser me l'avouer, j'appréhendais le moment de revoir une femme qui, par le passé, m'avait un moment tiré d'un vieux marasme sentimental. La page était tournée depuis bien longtemps mais, chez moi, le cœur péchait souvent par excès de mémoire.

En attendant l'experte, le délégué de la fabrique rabotait sa nervosité avec les moyens du bord. Il avait commencé par nous accabler de questions procédurales, sans obtenir aucune réponse satisfaisante. Arrivé au bout de son stock, il était passé en mode guide touristique. Nous avions déjà eu droit à un bref historique de l'église et de la chapelle, sur un ton d'où toute onction ecclésiastique était délibérément bannie au profit d'une ironie qui se voulait entendue. Concernant le *Martyre de saint Laurent*, dont il semblait faire très peu de cas, l'homme arrivait au terme d'un commentaire mi-figue mi-raisin :

« … Impossible de refuser ce genre de donation, vous pensez bien… Mais quand il s'est agi d'exposer la toile dans l'église, difficile de lui trouver une place adéquate. La thématique ne correspondait à rien de ce qu'on peut voir ici. Saint Laurent n'est pas très raccord avec le culte marial, c'est le moins qu'on puisse dire. Mais nous n'avions pas le choix, alors… Restait la chapelle latérale. On a d'abord placé l'œuvre au-dessus du radiateur, de l'autre côté du confessionnal. Mauvais choix ! La peinture a commencé à s'écailler. Trop grands écarts de température, selon les gens de l'Institut. Et comme cette croûte a de la valeur, on a bien dû faire appel aux services spécialisés. C'est de toute façon le contribuable qui paie. Quand le tableau est revenu, nous avons déplacé son accrochage vers la porte. Les dernières restaurations ont été réalisées sur place. Je me souviens que… »

Brouillée par ses propres échos, une pétarade de talons sur les dalles de marbre interrompit l'anecdote. Mon cœur se serra. Car la silhouette qui approchait à pas rapides, en terrain manifestement connu, surgissait tout droit d'un raccourci temporel.

En tenue stendhalienne comme au temps de notre splendeur – tailleur rouge et manteau noir –, Aline avait gardé la même allure chaloupée, qui mâtinait d'énergie une grâce un brin affectée. Sa chevelure de jais accrochait la lumière des cierges.

Quand elle rejoignit notre petit groupe, je constatai qu'au prix de menues rides, sa frimousse tout sourire avait passé avec les honneurs l'épreuve du temps. Petit bémol, elle était retombée dans les excès de maquillage dont, à l'époque, j'avais réussi à la détourner. Ses lèvres écarlates semblaient une citation de Salvador Dali, à ce détail près qu'on ne pouvait s'asseoir dessus.

Sa main droite coltinait une valise à soufflets, qu'elle déposa à ses pieds. Alors, sans cérémonie, elle attrapa mes épaules, m'attira contre elle et me colla sur les joues deux bises retentissantes.

« Barthélemy ! Tu n'as pas changé ! »

Ce qui était vrai pour elle ne l'était pas nécessairement pour moi. Le scepticisme devait se lire sur ma figure. Histoire de reprendre contenance, je me chargeai des présentations. Entre elle et Katrien, la poignée de main fut correcte, mais glaciale. La différence de tailles respectives – et de talons, Aline ne détestant pas, comme ce matin-là, se jucher sur des échasses – donnait à la spécialiste en restauration un point de vue sur la commissaire dont la supériorité ne se mesurait pas qu'en centimètres. Katrien grommela, sans doute exprès, son pedigree en flamand – « *Commissaris Verhaert* » –, sur quoi l'autre se prétendit « Enchantée ! » et produisit le sourire faussement candide d'une première communiante qui eût chapardé le tube de rouge de sa maman.

Le moment était venu de passer aux choses sérieuses. Le délégué de la fabrique d'église était en tout cas de cet avis.

« On peut procéder à l'expertise ? »

Aline Durufle, qui lui avait pourtant serré la pince, eut l'air de se rappeler son existence. Sans plus attendre, elle ôta son manteau et alla le déposer à l'intérieur du confessionnal voisin. Ensuite, munie de sa valise, elle vint se placer face à la toile.

« La lumière est suffisante… » décida-t-elle.

Un par travée, des lanterneaux carrés assuraient un éclairage zénithal qui compensait l'absence de vitraux. Aline s'accroupit, explora le contenu de sa valise et en sortit d'abord une loupe, puis un cliché polychrome collé sur carton fort. Son regard effectua une série de va-et-vient entre la toile et sa reproduction photographique. Elle hocha la tête, fit une moue approbatrice.

« On dira ce qu'on voudra : belle composition ! »

Elle promena la loupe sur les pourtours du tableau, s'attardant sur des zones d'intérêt a priori secondaire.

« Plus la moindre craquelure. Du travail de pro… »

Du coin de l'œil, j'enregistrais les tics agacés du délégué, qui trouvait décidément le temps long. Ainsi, je risquais le strabisme car, au même moment ou presque, mon regard effleurait sous le lycra noir les mollets profilés en soufflerie de mon ex-amie, qui s'habillait toujours aussi classique et toujours aussi court. J'allais me laisser distraire quand un discret coup de coude me ramena à des considérations plus pertinentes. D'une mimique explicite, Katrien me suggérait d'essuyer les traces de rouge qui m'ornaient le portrait. D'un mouchoir empressé, je m'exécutai.

Sur ces entrefaites, l'examen d'Aline s'était enfin porté sur la partie du tableau qui justifiait sa présence. Elle alluma une lampe de poche et cibla le visage du martyr.

« Un saint Laurent châtain… L'iconographie en est pleine, mais la moustache tient du couac ! Il devait pourtant le savoir. »

Approchant la lampe de la couche de vernis, elle assura un éclairage rasant, qui soulignait les reliefs. Aussitôt, son sourire carmin révéla des dents un peu trop blanches.

« Le surpeint est léger. Si Pintens a utilisé le procédé auquel je pense, je devrais pouvoir effectuer un premier nettoyage… »

Le délégué sortit de son mutisme :

« Là, tout de suite ? Sans aucun risque de dégât ? »

Son opinion sur la *croûte* avait, semblait-il, promptement évolué. Aline – dont la taille sur talons excédait légèrement la sienne – le toisa d'un regard indulgent, puis lui tourna le dos. Extraite de sa valise, une trousse révéla bientôt une variété de fioles, de pipettes, de cotons-tiges et autres instruments moins reconnaissables. L'odeur de solvant qui s'en dégageait me rappelait la térébenthine des anciennes drogueries. Après une manipulation minutieuse, Aline revint au tableau. L'extrémité imbibée d'un coton-tige caressa le visage du saint, en entreprit la toilette.

« Je commence par la moustache… »

L'ornement pileux se dilua, bava, disparut.

« Voyez, ça part tout seul ! Je l'aurais parié. Si Pintens n'aimait pas les gens, du moins il respectait les œuvres… »

Le faciès du martyr mollissait, fondait, ses traits perdaient leur netteté jusqu'à se brouiller. Trois cotons-tiges plus tard, littéralement transfiguré, saint Laurent affichait un visage rasséréné, réconcilié avec le monde et souriant à ses bourreaux. De son ancienne bobine ne subsistaient plus que de minces coulures pareilles à des peintures de guerre. Une indéfrisable peroxydée aux boucles précontraintes parachevait la métamorphose.

« Et voilà le travail ! »

Satisfaite, Aline se redressa, prit du recul.

« Franchement, je ne vois pas pour quelle raison Pintens nous a fait cette blague. Le collègue qui s'est occupé du dossier a pris sa retraite et c'est heureux pour lui. J'imagine qu'à l'époque, il n'a pas dû suivre l'affaire de très près. Enfin, comme vous voyez, rien d'irréparable, ce serait un comble… Dans la semaine, je vous enverrai un technicien qui terminera le boulot comme il faut… »

Tandis qu'elle remballait son petit matériel, je m'approchai de la toile, examinai de plus près la nouvelle – ou plutôt la vraie – tête de saint Laurent. Paradoxalement, elle me sembla beaucoup moins réussie que son éphémère remplaçante. En tout cas moins convaincante dans son expression. Le but de l'artiste avait dû, pour partie, consister à convaincre le fidèle lambda que, si la foi déplaçait les montagnes, elle pouvait aussi changer en bancs solaires les grils utilisés à mauvais escient.

La pensée me vint que j'ignorais où joindre Ruggero Donato. Et pour la première fois, je me demandai quel avait bien pu être le sort de saint Roger. Ils ne mouraient pas tous martyrs. Aline le savait peut-être. Quand je l'avais connue, elle restaurait la châsse de saint Radelgise. Mais Katrien, l'air de rien, me tenait à l'œil.

Finalement, le saint Laurent de l'église avait été la victime collatérale de certaine mauvaise mémoire. Il lui suffisait bien de griller. Perdre la tête en prime n'ajoutait rien à sa gloire.

Pour me prendre ainsi l'épaule, avec une douce mais vigoureuse insistance, cette main ne pouvait être celle de ma collègue. Moins encore celle du délégué, qui s'éloignait vers la sacristie où s'activait une femme de ménage.

« Barthélemy, c'était un plaisir, après tout ce temps ! »

Aline avait enfilé son manteau. Sa valise à la main, elle prenait congé. D'un mouvement à peine perceptible, elle inclina le buste vers moi mais, soudain hésitante, arrêta son geste, recula et me tendit la main. Je la serrai avec un pincement au cœur.

« Si tu veux, on pourrait peut-être… »

Katrien me coupa le sifflet. Enfin, peut-être le crut-elle, car j'ignorais comment terminer ma phrase.

« Barthélemy, on nous attend. »

Aline prit la main qu'elle lui tendait.

Aussitôt, je compris que, bien ou mal intentionné, mon blaireau me tirait d'affaire. Je lui en fus secrètement reconnaissant.

Avec ces deux-là, on jouait entre fines mouches. Chacune, à sa manière propre, maîtrisait sa partie.

« *Bedankt voor de medewerking, Mevrouw Durufle*[19]. »

En bonus, Katrien lui décocha un sourire radieux comme on lui en voyait une ou deux fois l'an, pour les fêtes.

Aline ne pouvait demeurer en reste de politesses.

« De rien, commissaire. Entre fonctionnaires… Et puis, dans ce cas précis, la responsabilité de l'Institut était engagée. Souhaitez-vous que je rédige un rapport ?

— *Niet nodig*[20]. Le dossier n'est pas officiellement rouvert. »

Sur un nouvel échange de banalités, les duettistes mirent fin à leur numéro. Aline parvint malgré tout à m'adresser un clin d'œil, auquel je résolus de ne pas voir malice. Nos chemins s'étaient rejoints un instant, ils se séparaient à nouveau. Elle s'éloigna au son de ses talons contre le dallage. Je luttai contre l'envie de me retourner. Puis le battement métronomique et ses réverbérations allèrent se noyer dans la rumeur urbaine qui pénétrait par le portail, ouvert à deux battants sur la rue.

---

19. Merci pour votre collaboration, Madame Durufle.

20. Pas besoin.

À la sortie de l'église, un soleil complice réchauffait l'atmosphère. Katrien défit les brandebourgs de son duffel-coat. Dans une de ses vastes poches-sac à main – le dernier en date, une élégante gibecière offerte par le grand frère, prenait la poussière sous son bureau ministre car, chez elle, Schubert se faisait les griffes dessus –, je crus qu'elle cherchait une cigarette. Son téléphone apparut, dont elle ouvrit le semainier. Inutile de lui demander s'il était plein. Ceci constituait un moment volé.

« Donato, dit-elle. Tu crois que… ? »

Je croyais, oui. Et puisque je n'avais aucune dette envers lui, je comptais bien ne rien lui dire. Qu'aurais-je d'ailleurs pu lui dire ?

« La médecine fait des miracles », conclus-je.

Sûrement si on l'aide un peu.

Sur ce coup-ci, j'avais la foi.

Dans la rue Neuve, sans souffler mot, Katrien glissa sa main dans la mienne. Je n'en revenais pas. Il entrait dans ce geste, qu'elle n'accomplissait jamais en public et moins encore à proximité du bureau, autant de volonté que de soulagement.

Parmi la foule des passants, je m'abstins de chercher une silhouette rouge et noire, à la démarche chaloupée.

Pour une fois, je me sentais bien dans un présent qui n'était plus exclusivement le mien. Là-haut, le soleil me donnait raison.

Et je serrai plus fort cette main douce qui tenait la mienne.

Les fragments de Keith Douglas (1920-1944) sont tirés des *Complete Poems* (Faber, 1978). Dans l'ordre, les vers cités proviennent des poèmes suivants : *Landscape with Figures 3* (1943), *The Trumpet* (1943), *Enfidaville* (1943), *Christodoulos* (1942) et *Villanelle of Spring Bells* (1940).

La citation de Josef Škvorecký provient du recueil *Le Saxophone basse et autres nouvelles*, traduction de Claudia Ancelot (Gallimard, Du Monde entier, 1983). Pour le texte original tchèque, voyez *Dvě Legendy* (Sixty-Eight Publishers, 1982).

Dans la collection Plumes du Coq, créée en 2011 par Alain Bertrand et Christian Libens

André-Marcel Adamek, *Oxygène ou les chemins de Mortmandie*, 2012.

Line Alexandre, *Jeanne derrière la porte*, 2015.

Line Alexandre, *L'Enclos des fusillés*, 2017.

Christine Aventin, *Portrait nu*, 2018.

Thilde Barboni, *Affaires de famille*, 2016.

Catherine Barreau, *L'Escalier*, 2016.

Catherine Barreau, *La Confiture de morts*, 2020.

Léo Beeckman, *Dos au public*, 2018.

Alain Bertrand, *Le Lait de la terre*, 2011.

Alain Bertrand, *L'Été sous un chapeau de paille*, 2014.

Jules Boulard, *La Morsure du feu*, 2022.

Bernard Caprasse, *Le Cahier orange*, 2020.

Bernard Caprasse, *La Dérive des sentiments*, 2022.

Frédéric Chef, *Le Colporteur magnifique*, 2016.

Dominique Costermans, *Les Petits Plats dans les grands*, 2021.

Ghislain Cotton, *Le Passager des Cinq Visages*, 2012.

Alain Dantinne, *La Promesse d'Almache*, 2014.

Alain Dantinne, *Brise de mère*, 2017.

Alain Dantinne, *Une gravure satanique*, 2023.

Jacques De Decker, *Le Ventre de la baleine*, 2015.

Bernadette De Rache, *La Fille sur le banc*, 2021.

Bernadette De Rache, *Autopsie d'un doute*, 2023.

Catherine Deschepper, *Le Complexe du gastéropode*, 2021.

Pascale de Trazegnies, *Le Mort*, 2016.

Xavier Deutsch, *Chaussée de Moscou*, 2014.

Luc Devreese, *La Mémoire du sable*, 2021.

André-Joseph Dubois, *Les Années plastique*, 2011.

André-Joseph Dubois, *Le Sexe opposé*, 2013.

André-Joseph Dubois, *Ma Mère, par exemple*, 2014.

André-Joseph Dubois, *Quand j'étais mort*, 2017.

André-Joseph Dubois, *Le Septième cercle*, 2020.

André-Joseph Dubois, *Vie et mort de saint Tercorère le maudit*, 2023.

Fidéline Dujeu, *Larmes de crocodile*, 2021.

Claude Froidmont, *Perversus ou L'histoire d'un imprimeur liégeois*, 2019.

Jean-François Füeg, *Les Oreilles des éléphants*, 2017.

Jean-François Füeg, *Notre été 82*, 2019.

Bernard Gheur, *Les Étoiles de l'aube*, 2011.

Bernard Gheur, *Un Jardin dans les Rocheuses*, 2013.

Bernard Gheur, *Les orphelins de François*, 2021.

Marcel-Sylvain Godfroid, *Le Bureau des reptiles*, 2013.

Benoit Goffin, *Messes amères*, 2022.

Danièle Henky, *Baptêmes du feu*, 2018.

Michel Host, *Une vraie jeune fille*, 2015.

Jean Jauniaux, *L'Année dernière à Saint-Idesbald*, 2015.

Armel Job, *La Malédiction de l'abbé Choiron*, 2011.

Armel Job, *Sept histoires pas très catholiques*, 2016.

Eva Kavian, *Je n'ai rien vu venir*, 2015.

Michel Lambert, *Sosies de l'amour*, 2023.

Philippe Lambert, *Le Collectionneur de soupirs*, 2015.

Éric Lammers, *Une vie de...*, 2015.

Ziska Larouge, *Au diable!*, 2017.

Ziska Larouge, *Les Chaises musicales*, 2018.

Ziska Larouge, *Hôtel Paerels,* 2019.

Christian Libens, *La Forêt d'Apollinaire*, 2013.

Christian Libens, *Sève de femmes*, 2020.

Pascal Lorent, *Retour à Anvie*, 2023.

Geneviève Mairesse, *Les Mémoires enroulées*, 2019.

Nicolas Marchal, *Le Grand Cerf,* 2016.

Nicolas Marchal, *Les faux Simenon*, 2019.

Jacques Nicolas, *Le Traceur de lignes*, 2017.

Nathalie Nottet, *L'Envers des pôles*, 2015.

Nathalie Nottet, *Le Premier Accroc*, 2022.

Jean-Pierre Poccioni, *Lungomare Bellini*, 2019.

Jean-Sébastien Poncelet, *La Tendresse des séquoias*, 2016.

Jean-Sébastien Poncelet, *L'Envol de l'amazone*, 2018.

Philippe Remy-Wilkin, *Les Soeurs noires*, 2022.

Denis Riguelle, *Rue des Brasseurs,* 2014.

Thierry Robberecht, *Entre mes bras*, 2012.

Thierry Robberecht, *Onnuzel*, 2018.

Thierry Robberecht, *Trouver sa place*, 2022.

Frédéric Saenen, *La Danse de Pluton*, 2011.

Frédéric Saenen, *Stay behind*, 2014.

Frédéric Saenen, *L'Enfance unique*, 2017.

René Swennen, *L'Ombre de Palerme,* 2012.

Luc Templier, *Les Derniers jours du Moi*, 2018.

Pascale Toussaint, *J'habite la maison de Louis Scutenaire*, 2013.

Christine Van Acker, *Ceux que nous sommes*, 2016.

Linda Vanden Bemden, *La Reine, la loi, la liberté*, 2019.

Jean-Jacques Vander, *La Voie des profondeurs*, 2015.

Achevé d'imprimer
en novembre 2023